Vertrollt noch mal

Christine Stutz

© 2024 Christine Stutz
Herstellung und Verlag:
BoD – Books on Demand, Norderstedt
ISBN: 9783758374142

Vorwort

Mein Name ist Ruby Tanner, letzte Fürstin Tanner, Besitzerin des gleichnamigen Schlosses. Welches ich jedoch noch nie gesehen habe. Und vielleicht nie sehen werde.

Eine junge Frau, dessen Leben mit knapp acht Jahren endete und die jetzt bereits vierundzwanzig Jahre alt ist. Doch jetzt wird dieser Fehler korrigiert. Jetz ist es an der Zeit, erneut zu sterben. Beraubt zu werden von der Energie, die mir geschenkt wurde. Unrechtmäßig geschenkt, wenn auch aus Liebe eines Großvaters zu seiner Enkelin. Man wird mir diese Energie, pure Zauberkraft, wieder nehmen, das bedeutet meinen Tod. Jetzt sitze ich hier in der Gefängniszelle und warte. Warte auf ein Wunder, oder meinen Tod.

Das hier ist meine Geschichte.

Adam Mc Vallun stand erschüttert in seiner Küche. Hier hatten die Trolle wieder Mal ganze Arbeit geleistet. Seine Mutter hatte den Fehler begangen, den frisch gebackenen Kuchen stehen zu lassen. Das hatten die kleinen Trolle natürlich ausgenutzt, dachte er schmunzelnd. Nein, wütend konnte er den kleinen Wesen nicht sein. Dazu hatte das Volk zu lange auf solche Köstlichkeiten verzichten müssen. Adam hob lächelnd seine Hand und die Küche reinigte sich von selbst. Damit seine Mutter nicht schimpfen konnte, dachte er und schenkte sich Kaffee ein. Die Trolle waren seine letzte Errungenschaft der Fürstenfamilie Tanner, überlegte er schmunzelnd. Es war gefährlich gewesen, diese Trolle aus dem Museum zu befreien. Trotzdem würde er es immer wieder tun. Denn dank den langen Gesprächen mit dem Volk, hatte Adam eine Menge über die Familie Tanner erfahren können. Nur leider nicht, wohin sie nach dem verzerrenden Schlossbrand damals geflüchtet waren. Das war ein großes Rätsel, das noch niemand lösen konnte, überlegte er weiter.

„Meine Enkelin braucht deine Hilfe, Zauberer Adam Mc Vallun." Sagte jetzt eine dunkle Männerstimme besorgt. Adams Kaffeetasse schwankte bedrohlich, als sich jetzt ein Geist vor ihm materialisierte. „Und wer ist deine Enkelin?" fragte Adam, als er sich endlich etwas gefasst hatte. Zum Glück war er hart in Nehmen. Und es war ja nicht erste Geist in seiner Küche. „Die letzte Fürstin Tanner. Und sie ist im Begriff, sich in den falschen Zauberer zu verlieben. Mehr oder weniger." Sagte der Geist seufzend. „Deswegen muss ich dem Schicksal etwas auf die Sprünge helfen. Meine Enkelin ist die Hüterin meiner Zauberkraft und darf sie nicht in falsche Hände geben." Erklärte der Geist wieder seufzend. „Man, ich könnte friedlich mit meiner geliebten Frau die Ewigkeit genießen, hätte ich in Rubys Erziehung nicht so viel verkehrt gemacht. Ich beneide dich nicht um deine Aufgabe."

Prolog

„Zwanzig Dollar!" rief ich laut in den Saal, bemüht, bei meiner Größe auch gehört zu werden. Mein unhöflicher, grantiger Ton, half mir, Gehör zu verschaffen. Schon rückten die Menschen neben mir ab. Das war ich gewohnt und es störte mich nicht mehr.

Ich wollte den alten Koffer unbedingt. Keine Ahnung, was mich an dem alten Teil faszinierte. Vielleicht verbarg er ja ungeahnte Schätze, überlegte ich und war froh, heute etwas früher Feierabend gemacht zu haben. „Einundzwanzig Dollar!" rief jetzt eine andere Frau herrisch, gewiss, dass niemand mehr für das abgewetzte Ding bieten würde. Sollte ihr lauter Ton mich etwa einschüchtern? Ausgerechnet mich? Die Unhöflichkeit in Person? Sie kannte meine Entschlossenheit nicht, dachte ich und zählte im Kopf mein Bargeld zusammen. „Dreißig Dollar!" rief ich jetzt mutig und betete still ein Ave-Maria. Hoffentlich kamen keine weiteren Gebote. Ich wollte den alten Koffer unbedingt haben. Und ich hatte mein Limit an Geld bereits überschritten. Zitternd hörte ich den Auktionator zählen. „Zum

Ersten, zum Zweiten, zum Dritten. Der Koffer gehört der jungen Dame in Rot!" rief der ältere Mann jetzt zufrieden. Das war eindeutig eine Anspielung auf meine roten Haare und meine feuerrote Jacke. Doch das störte mich nicht. Denn ich war glücklich, Siegerin zu sein. Mit den Ellenbogen schob ich mich grob durch die Menge. Ich ignorierte das leise Schimpfen der anderen Menschen.

Ich wollte nicht bis zum Ende der Auktion warten und begab mich umgehend zum Ausgabeschalter. Ich musste verrückt sein, so viel Geld für einen alten Koffer auszugeben, dachte ich schmunzelnd. Doch war meine Leidenschaft. Schon seit meiner Jugend trieb ich mich auf Kofferauktionen herum. An die Hundert Koffer hatte ich in den Jahren bereits ersteigert. Immer neugierig, was ich darinnen finden würde. Das meiste Zeug spendete oder verschenkte ich. Aber manchmal fand ich auch einen kleinen Schatz. Das war dann immer spannend, dachte ich lächelnd. Unglaublich, was die Menschen alles in ihren Koffern verschickten, oder auf ihren Reisen verloren. Alle diese Koffer *wurden drei Monate aufbewahrt und danach kamen sie in die Versteigerung. So, wie meine neuste Ersteigerung. Ich war gespannt, was ich finden würde.*

Halt!" schrie ich wütend, als ich um die Ecke bog. Denn ich kam gerade rechtzeitig. Die ältere Frau, die ich überboten hatte, ließ sich gerade meinen Koffer aushändigen. „Das ist mein Koffer! Ich bin Nummer dreiundzwanzig!" rief ich wütend und lief jetzt zum Schalter. Die ältere Frau sah mich panisch an, dann wollte sie mit meinem Koffer flüchten. Mutig stellte ich mich ihr in den Weg. „Das ist mein Koffer, Lady!" sagte ich entschlossen, nicht nachzugeben. Jetzt war ich über meinen groben Ton dankbar. Endlich waar meine unhöfliche Art etwas nütze. Die Frau starrte mich verlegen an. Nicht wissend, was sie antworten sollte. „Sie verstehen nicht, Lady. Der Koffer gehört meinem Sohn und er braucht ihn dringend. Leider hatte ich nicht genug Geld eingesteckt, um sie zu überbieten. Doch der Koffer bedeutet meinen Jungen alles." Erklärte die Frau dann leise. Wahrscheinlich eingeschüchtert von meinem herrischen Ton. Sie konnte ja nicht ahnen, dass ices nicht so meinte. Ich konnte nur nicht anders.

„Nette Geschichte, gute Frau. Doch ich habe den Koffer ersteigert und er gehört mir. Also darf ich den Inhalt behalten. Ihr Sohn hätte besser auf sein Eigentum aufpassen müssen. Und jetzt geben sie mir den Koffer." Sagte ich für mich typisch hart. Die ältere Frau tat mir leid, sie konnte ja nicht ahnen, dass mein Ton Teil meiner „Krankheit" war. „Mein Sohn hatte auf seiner letzten Reise einen Unfall und konnte sich deswegen nicht um sein Gepäck kümmern. Deswegen bin ich gezwungen, mich um den Koffer zu kümmern." Sagte die Frau dann beschämt. „Ich konnte alles wiederbekommen außer diesen Koffer. Er ist wirklich wichtig für meinen Sohn." Erklärte se dann weiter als ich betroffen schwieg.

Jetzt kam der Wachmann des Auktionshauses zu uns. Prüfend sah er von mir zu der anderen Frau. „Alles in Ordnung, Ruby? Ich habe alles gehört. Gehört der Koffer wirklich dir?" fragte er dann ernst. „Ja, Sam. Ich habe den Koffer ersteigert."

Sagte ich nur. Sam nickte. Er kannte mich gut genug, um zu schweigen. Er grunzte und nahm der anderen Frau den Koffer ab. Dann reichte er ihn mir. Zufrieden wollte ich mich abwenden, als sich mein schlechtes Gewissen meldete. „Hören sie Lady. Geben sie mir ihre Adresse. Ich werde mich vielleicht bei ihnen melden. Wenn der Inhalt mir nicht zusagt, werde ich ihn ihrem Sohn zurückgeben." Sagte ich halb versprechend. Diese Aussage war so untypisch für mich, dass ich zusammenzuckte. Seit wann konnte Ruby Tanner denn freundlich.

Sam ließ die Frau, die er gerade rausbringen wollte, los. Die Frau kam zu mir und reichte mir eine Visitenkarte. „Ich denke, sie werden sich sehr schnell bei meinem Sohn melden." Sagte ich jetzt geheimnisvoll lächelnd. Mit finsteren Gesicht wandte ich mich zum Ausgang.

1 Kapitel

Jetzt konnte ich es nicht mehr erwarten, nachhause zu kommen. Was war so Wertvolles in dem alten Koffer, dass die alte Dame dafür bereit war zu stehlen? Ich warf den Koffer in meinen Fahrradanhänger und stockte. Ich hörte leises Fluchen und Pöbeln. Verwundert sah ich mich um. Hatte ich richtig gehört? Wer hatte da so derbe geflucht? Ich war allein auf der Straße zugange. Ich musste mich verhört haben, dachte ich dann und schnallte den Koffer fest. Zum Glück hatte ich es nicht weit bis zuhause. Heute war ein ruhiger Tag in unserer Gegend, dachte ich schmunzelnd, während ich mich mit meinem Fahrrad den kleinen Hügel hochquälte. Jetzt, da ich wieder allein war, stieg meine Laune wieder. Das war schon immer so gewesen. Andere Menschen machten mich wütend. Besser, ich war wieder Zuhause. Meine Neugierde spornte mich an. Ich wollte wissen, was interessantes in dem alten Koffer war. Schon hatte ich mein kleines Haus, ein Erbe meiner Großeltern, erreicht. Es war mit Abstand das älteste Haus in der Stadt, das wusste ich natürlich. Mein Ur-Urgroßvater hatte es im vergangenen Jahrhundert erbaut.

Damals war es hochmodern gewesen. Heute war es windschief und reparierbedürftig. Trotzdem liebte ich das kleine Haus. Ich hatte bereits einige gute Angebote, allein für das Grundstück erhalten. Ich hätte vermögend werden können. Doch die Vorstellung, das jemand das alte Haus abreißen würde und der riesige Garten mit Planierraupen verunstaltet wurde, machte mir Bauchschmerzen. Früher als Kind, hatte ich immerhin eine Herde Einhörner in der Nacht beobachten können. Ich hätte schwören können, meine geliebte Großmutter zu sehen, wie sie diese edlen Tiere fütterte. Natürlich war das nur ein Traum gewesen. Ein Wunschtraum eines achtjährigen, einsamen Waisenkindes. Meine Eltern waren ein Jahr zuvor verstorben. Und nach einigen Streitereien, durften meine Großeltern mich bei sich aufnehmen. Das war allerdings auch den zahlreichen Pflegefamilien zu verdanken, die mich nach nur wenigen Wochen wieder schnell ins Heim gebracht hatten. Allen war ich „zu Unheimlich" gewesen. Mein stets und ständig grober, verletzender Ton, wenn ich sprach und meine immer schlechte Laune, schreckte ab. Ein

Psychologe nannte es „Tourettesyndrom". Ich konnte nicht anders, als jeden Menschen in meiner Nähe zu vergraulen. Meine Großeltern waren der letzte Ausweg gewesen. Auch wenn der Jugendamt sie für zu alt gehalten hatte, war ich hier glücklich aufgewachsen, dachte ich dankbar den alten Menschen gegenüber. Meine Großeltern besaßen ein kleines Vermögen, welches ich geerbt hatte. Davon bestritt ich den Unterhalt des Hauses. Meinen Lebensunterhalt verdiente ich mit Kreuzworträtseln, die ich entwarf und an bekannte Zeitschriften verkaufte. Ich hatte da bereits einen großen Kundenstamm, überlegte ich zufrieden. Jeder liebte meine ausgefallenen Rätsel, die Woche für Woche ein anderes Thema hatten. Und ich musste mich nicht mit anderen Menschen auseinandersetzen. Ich arbeitete von zuhause aus.

Ich stellte den Koffer auf den Küchentisch und befüllte die Kaffeemaschine. Das brauchte ich jetzt, einen heißen, starken Kaffee. Heute war ein guter Morgen, überlegte ich. Ich hatte niemanden *beleidigt. Das war gut und verhinderte, dass ich laufend entschuldigen musste.*

Dann widmete ich mich dem Koffer. Ich setzte mich und betrachtete das uralte Schloss. Es war merkwürdig, denn es sah aus als sei ein Wort der Schlüssel zum Öffnen. Grinsend freute ich mich auf die Herausforderung. Das war genau das richtige für diesen langweiligen Samstag, dachte ich gutgelaunt. Ein Wort mit fünf Buchstaben. Und es sollte international sein, überlegte ich. Denn ich hatte keine Ahnung, aus welchem Land der Vorbesitzer stammte. Nun, die alte Dame vorhin hatte meine Sprache perfekt gesprochen. Auch wenn ich einen leichten Dialekt herausgehört hatte, überlegte ich weiter. Ich versuchte einige sehr bekannte Worte, vergebens. Frustriert schenkte ich mir Kaffee ein und setzte mich wieder. Natürlich konnte ich den Koffer gewaltsam aufbrechen, doch das wäre sehr schade um das alte Teil. Der Koffer schien bereits über hundert Jahre alt zu sein. Dann schoss mir ein einziges Wort durch den Kopf. Ich zitterte als ich MAGIE eingab. Ein Wort, welches in fast jeder

Sprache dieser Welt vorkam, dachte ich erregt. Das Wunder geschah, ich hörte winzige Zahnräder drehen und der alte Kofferdeckel hob sich. Schnell machte ich das Licht an, um nichts zu versäumen. Dann war der Koffer offen und ich starrte auf eine Anzahl alter Spielzeughäuser. Verwundert rieb ich mir die Augen. Spielzeughäuser und dann so alte? Dafür war die alte Dame bereit gewesen, zur Verbrecherin zu werden? Vorsichtig stellte ich ein Haus nach dem anderen auf den Küchentisch und staunte oft über die Detailgenauigkeit der Gebäude. Es waren dreiundzwanzig kleine Häuser, jedes unterschiedlich gebaut oder bemalt. Ein jedes einzigartig. Ich nahm jedes Haus hoch, um es genauer zu betrachten. Auch, wenn sie alt waren, so wirkten die Gebäude, als wären sie bewohnt, dachte ich still lächelnd. Dann fiel mir etwas ein. Im ehemaligen Schlafzimmer meiner Großeltern, stand etwas, das perfekt zu diesem Miniaturdorf passen sollte. Etwas, dass meine Großeltern immer wie einen Schatz behütet hatten. Schnell räumte ich die Häuser wieder in den Koffer und trug alles in das große Wohnzimmer. Dort, vor dem alten Kamin, stellte ich alle Häuser in einer Dorf Kulisse auf und erhob mich. Wie ein unartiges Kind, lief ich jetzt ins Schlafzimmer meiner Großeltern. Immer noch glaubte ich Großmutters Aura hier zu spüren. „Entschuldige, Grandma. Ich brauche eure alte Kirche. Ich werde damit gut umgehen." Sagte ich liebevoll und griff nach der kleinen Holzkirche. Die Schlafzimmertür schwang von allein auf. So als sei meine Großmutter mit meinem Tun einverstanden. Das verwunderte mich nicht mehr, ich hatte mich in den Jahren daran gewöhnt. Mein Haus hatte einen eigenen Willen und beschützte mich.

Vorsichtig trug ich die alte Holzkirche durch das recht verwinkelte Haus und erinnerte mich an die Geschichte, die Großvater immer darüber erzählt hatte. Er war noch ein sehr kleiner Junge gewesen als seine Familie damals flüchten musste. Verfolgt und gejagt von Menschen, die sie fürchteten und hassten. Seine Familie mussten ihren gesamten Besitz zurück lassen. Diese kleine Kirche war alles, was Großvater von seinem Spielzeugdorf damals geblieben war. Und er hatte das geliebte Teil gehütet, all die Jahre lang, dachte ich mit Tränen in den Augen. Ich kniete mich wieder vor den Kamin und schob die kleinen Häuser etwas weiter auseinander. Dann stellte ich die Holzkirche in die Mitte, auf den „Dorfplatz". „Jedes Dorf braucht seine Kirche. Ich gebe euch die alte Kirche meines Großvaters. Mein Großvater hat dieses Gebäude geliebt und behütet. Ich hoffe, es erfreut euch." Sagte ich leise und kicherte verwundert über mein kindliches Verhalten. Ich war doch kein kleines Mädchen mehr, dachte ich. Trotzdem freute ich mich über das, nun komplette Dorf. Es sah ja niemand, dachte ich fröhlich. Ein Vorteil, wenn man oder Frau, allein lebte.

Mit meinen fast vierundzwanzig Jahren hatte ich noch nicht den Mister Perfekt finden können. Das lag vielleicht auch daran, dass ich zu wählerisch war. Oder meiner eigenbrötlerischen, oft beleidigende Art. Ich liebte meine Ruhe und mein fast einsames Leben. Ich kannte es nicht anders. Es gab immer nur meine Großeltern und mich. Wir hatten nie Besuch, und wenn sich doch einmal jemand hierher verirrte, verschwand Großvater mit demjenigen in sein Büro. Auch andere Kinder verirrten sich nie zu unserm Haus, erinnerte ich mich jetzt still. Ich vergraulte sie alle. Niemand mochte ein Mädchen, das stets schlecht gelaunt war.

Einen Mann gab es, der sich davon nicht abschrecken ließ. Mein Nachbar Ralf war sehr nett. Er wohnte seit etwa sechs Monaten neben mir, wenn man die Entfernung so nennen konnte und ließ sich von meiner ursprünglich schroffen Art nicht abschrecken. Er ignorierte meine Sprüche schlicht. Ab und zu tranken wir zusammen Kaffee. Er mochte mich, das spürte ich. Doch das war einseitig und dass hatte ich Ralf auch klargemacht. Außer einer Freundschaft gab es nichts weiter. Er hatte es akzeptiert. Ein Klingeln an der Haustür riss mich aus meinen Gedanken. Das war garantiert Ralf, dachte ich schmunzelnd. Gerade hatte ich an den netten Mann gedacht, da erschien er auch schon. Ralf war bestimmt neugierig, was ich heute wieder ersteigert hatte. Der Mann mochte zwar keine Kofferauktionen, war trotzdem jeden Samstag hier um zu sehen, was es neues bei mir gab. Zufrieden schloss ich die Wohnzimmertür und ging durch den Flur. Ich war gespannt, was Ralf zu meinem alten Dorf sagen würde.

„Du hattest den Koffer schon in deinen Händen und hast ihn dir wieder wegnehmen lassen, Mutter? Wie konntest du das tun? Du weißt doch, was passieren kann, Wenn ein falscher den Koffer öffnet, kann alles Mögliche passieren!" schnauzte Adam Mc Vallun weiter. „Warum hast du es nicht verhindert und ein wenig gezaubert!"

Seine Mutter stand schweigend vor dem Bett. Sie kannte ihren Sohn gut genug, um zu wissen, dass man ihn besser ausschreien ließ. Das Temperament hatte Adam eindeutig von seinem Vater geerbt. Endlich schwieg Adam und Erika holte tief Luft. Sie schloss kurz ihre Augen und erinnerte sich an den schlimmen Unfall, der ihr einziges Kind seit Wochen ans Bett fesselte. Zum Glück hatte Adam überlebt, dachte sie wieder dankbar. „Ich konnte nichts tun, Sohn. Diese junge Frau hat einfach mehr geboten. Ich hatte nicht genug Geld in dieser Währung bei mir. Es ist alles sehr umständlich in diesem Land. Daran muss ich mich erst noch gewöhnen. Und dann war da noch etwas, dass mich irritiert hat. Die junge Frau kam früher als gehofft von dieser Auktion. So als habe sie gespürt, was ich vorhatte. Sie schien nicht überrascht zu sein, dass ich den Koffer stehlen wollte. Und sie hatte Hilfe von einem Wachmann, der sie kannte. Wie sollte ich da zaubern. Trotz allem war sie einigermaßen nett und ließ mich gehen. Ich meine, sie hätte die Polizei rufen können. Doch das tat sie nicht. Ich gab ihr deine Visitenkarte und spürte eine unglaublich starke Aura, die diese Frau umgab. Solche Macht habe ich seit Ewigkeiten nicht mehr gespürt." Sagte Erika Mc Vallun stockend. Wieder schien sie diese Macht zu spüren. Irgendetwas musste passiert sein, dachte sie still.

Auch Adam schloss jetzt kurz seine Augen. Er konzentrierte sich. Dann lächelte er endlich leicht. „Unsere Trolle sind alle glücklich. Irgendetwas erfreut sie alle außer Maßen. Keine Ahnung, was es ist. Aber es geht anscheinend keine Gefahr von der jungen Frau aus." Sagte er zufrieden. Er verstand ja seine Mutter. Es fiel der alten Frau schwer, sich in ihre neue Heimat einzugewöhnen. Doch der Umzug war dringend nötig gewesen. Es war in der alten Heimat nicht mehr sicher genug zu leben. Die Obrigkeit der Normalos hatte ihn ins Visier genommen. Da war es besser, zu verschwinden. Zum Glück waren sie vermögend genug, um sicher auszuwandern. Auszuwandern, wie viele andere Familien ihrer Gemeinschaft seit Jahrhunderten, dachte Adam bitter. Trotzdem vermisste er die alte Familienburg. Dort war er geboren und aufgewachsen. Er wusste, wenn sich die politische Lage wieder bessern würde, würde er dorthin zurückkehren. Doch momentan waren sie hier sicherer. Erika hob ihre Hände und ein Bild der jungen Frau erschien an der Wand. „Das ist die neue Besitzerin deines Koffers, Adam. Ich sagte bereits, sie scheint sehr nett zu sein. Trotz ihrer recht grantigen Art. Und ich gab ihr deine Karte. Ich denke, sie wird sich spätestens morgen Früh bei dir melden." Sagte sie lächelnd. Sie sah den interessanten Blick ihres Sohnes. Das Frauenbild schien ihm zu faszinieren. „Eine rothaarige Frau also, interessant. Vielleicht hat sie ja unsere Wurzeln. Die Farbe ist in unserem Land verbreitet. Kennst du ihren Namen, Mama?" fragte Adam das erste Mal heute etwas besser gelaunt. „Der Wachmann nannte sie Ruby. Daran erinnere ich mich." Sagte Erika und verkniff sich ein Lächeln. Adam Mc Vallun lehnte sich im Bett zurück und schloss seine Augen. Er würde jetzt etwas schlafen. „Ich denke, wenn du den Koffer geöffnet hast, Ruby, wirst du spätestens morgen Früh vor der Tür stehen." Murmelte er schläfrig. Sein rechtes Bein schmerzte immer noch und die Schmerztabletten wirkten endlich. Bald, bald musste er sich aufraffen und nach einem geeigneten Haus für sich und seine Mutter suchen. Sie konnten nicht ewig in dem Hotel wohnen. Doch zuerst musste er die kleinen Verbrecher wieder einfangen, dachte Adam müde.

2 Kapitel

Endlich lag ich im Bett und konnte meine Augen schließen. Ralf wollte heute mal wieder nicht gehen. Und dass, obwohl ich mehrmals sagte, dass ich noch arbeiten musste. Er hatte sich über das alte Dorf in meinem Wohnzimmer lustig gemacht und der Meinung, dass diese Teile allenfalls für den Kamin taugten. Als er allen Ernstes die Kirche anfasste, um sie in den brennenden Kamin zu werfen, war es genug. Ich warf den Mann etwas grob aus dem Haus. Keine Ahnung, was plötzlich in den sonst so netten Mann gefahren war, überlegte ich besorgt. Sonst war Ralf doch immer entspannt gewesen, wenn ich ihm meine Eroberungen gezeigt hatte. Doch heute schien er aus irgendeinem Grund verärgert zu sein. Zum Glück kannte Ralf meine grobe Art bereits gut und war mir nie lange böse. Bereits morgen oder übermorgen war er wieder vor meiner Haustür. Jetzt lag ich endlich, müde in meinem alten Bett und versuchte einzuschlafen. Es war wieder spät geworden, doch ich musste das Kreuzworträtsel fertigbekommen. Die Zeitung verließ sich auf mich. Erst als ich es rübergeschickt hatte, konnte ich ausruhen. Es lebe das Internet, dachte ich wieder schief grinsend. Mir fielen die Augen zu. Entspannt schlief ich ein.

„Du hast uns unsere Kirche wiedergegeben. Ich möchte dir danken, Ruby." Hörte ich eine dunkle Stimme sagen. Meine Nachttischlampe ging an. Verwundert öffnete ich wieder meine Augen. Auf meinem Nachttisch saß ein winzig kleiner Mann und stopfte sich in aller Seelenruhe seine Pfeife. Was für ein abgefahrener Traum, dachte ich verwundert. Das konnte nur ein Traum sein. Der kleine Mann lächelte freundlich und erhob sich jetzt. „Darf ich dich fragen, woher du unsere Kirche hast? Wir haben sie lange Zeit vermisst. Wir glaubten schon, die Kirche nie wiederzusehen." Erklärte der alte Mann freundlich weiter. Ich schluckte schwer und stemmte mich etwas auf. Dann beugte ich mich zu dem Mann. Das musste ein Traum sein, beschloss ich. „Die, diese Holzkirche gehörte meinem Großvater, guter Mann. Es war das Einzige, was er auf seiner Flucht damals retten konnte. *Er hat die Kirche immer behütet. Großvater war damals ein kleiner Junge, doch die Kirche war sein Schatz."* Sagte ich verschlafen und rieb mir die Augen. Der kleine Mann verschwand nicht, egal wie sehr ich auch rieb. Der kleine Mann lächelte verstehend. *„Josef Tanner, ich erinnere mich an den Jungen. Du sagtest, er war dein Großvater? Dann sind verdammt viele Jahre vergangen, fürchte ich, Ruby."* Sagte der Mann und seufzte leise, ich hörte es trotzdem. Ich nickte. *„Ungefähr hundert Jahre müssen es sein. Großvater wurde fünfundneunzig."* Erklärte ich schmunzelnd.

„Das erklärt vieles." Sagte der Mann und pfiff laut. Ich musste mir die Ohren zuhalten. *„Alles in Ordnung, Bürgermeister? Ist die Riesin freundlich und gutmütig?"* Hörte ich eine besorgte Frauenstimme rufen. Was war denn heute Nacht nur los, dachte ich und schielte auf den Fußboden vor meinem Bett. Wieder musste ich mir die Augen reiben. Denn ich zählte zwei duzend kleine Menschen, die erwartungsvoll den Kopf hoben. *„Ja, alles in Ordnung, Leute. Ruby ist*

die Enkeltochter des gütigen Josefs Tanner. Wir sind hier in Sicherheit. Und Josef hat unsere Kirche gerettet. Ihm verdanken wir das große Wunder." Rief der kleine Mann von meinem Nachttisch herunter. Jubel brach aus und die kleinen Menschen umarmten sich glücklich.

„Okay, das hier ist kein Traum, scheint mir. Wer seid ihr alle?" fragte ich jetzt neugierig, mich um einen freundlichen Ton bemühend. Auch, wenn mir der Schlaf gestohlen wurde, dachte ich verstimmt. „Vorsichtig, Riesin!" schrie eine junge Frau und rannte eilig beiseite als ich mich aus dem Bett schwingen wollte. „Entschuldigung." Nuschelte ich verlegen. Vorsichtig setzte ich meine Füße ab und erhob mich. Meinen Schlaf konnte ich vergessen, dachte ich und sehnte mich nach meiner Kaffeemaschine. „Ich gehe jetzt in die Küche. Ich brauche einen Kaffee. Es wäre nett, wenn mich einige von euch begleiten würden. Bitte nicht alle, das wäre zu viel." Sagte ich dann kratzend. Immer noch in dem Wahn, zu träumen.

„Dann mach uns den Fernseher an, Riesin. Wir haben schon sehr lange kein Fernsehen gesehen.

Wir wollen wissen, was sich in der Welt verändert hat." Sagte jetzt die junge Frau wieder und winkte mich zu sich herunter. Lächelnd reichte ich ihr meine Handfläche. Behände kletterte sie darauf und kicherte als ich sie aufhob. „Hallo, Riesin. Wir sind die Trellerbys. Ein kleines Troll-Volk. Ich bin Lana, die Tochter des Bürgermeisters, Liebes. Das ist der dicke Mann, der dich geweckt hat." Erklärte sie dann frech grinsend. Ich war mir sicher, eine Freundin gefunden zu haben, eine kleine Freundin, dachte ich lächelnd. „Halte dich gut fest, Lana." Sagte ich gähnend und ging die Treppe runter. Lana umklammerte meinen kleinen Finger und schwieg etwas ängstlich. In der Küche setzte ich die kleine Frau auf dem Tisch ab und schob ihr eine Streichholzschachtel zurecht. Da konnte sie sich setzen. Ich ging zur Kaffeemaschine. „Ich werde euch nichts tun, Lana. Ganz im Gegenteil, freue ich mich, euch kennenzulernen. Mein Großvater hat mir als Kind oft von dem Volk der Trellerbys berichtet. Ich hielt es damals allerdings als eine Sage aus seiner ehemaligen Heimat. Das ich euch alle einmal persönlich kennenlernen würde, konnte ich nicht *glauben." Sagte ich und setzte mich an den Tisch. Jetzt zuppelte jemand an meinem Hosenbein. Ich sah auf den Bürgermeister herunter. Der Mann verlangte, auf den Tisch gehoben zu werden. „Du musst Magie in dir haben, Ruby Tanner. Sonst könntest du uns nicht verstehen. Ich denke, es ist das Erbe deines Großvaters." Sagte der Bürgermeister und setzte sich zu seiner Tochter. Ich musste erst einmal wach werden. Also schenkte ich mir Kaffee ein. Ich überlegte und lächelte dann. Ich suchte in einer Schublade und fand Großmutters alten Fingerhut. Ich schenkte ihn vorsichtig mit Kaffee voll und stellte ihn vor meinem „Besuch". Kichernd steckte Lana einen Finger in die schwarze Flüssigkeit. „Kaffee, prima. Hatten wir lange nicht mehr." Sagte sie dann lachend. Ich nickte nur. Im Wohnzimmer hörte ich jetzt den Fernseher angehen. Die restlichen Trolle hatten also die Fernbedienung entdeckt, dachte ich schmunzelnd. Nun, solange sie nicht mehr Unsinn anstellten, konnte ich damit leben. „Ich habe nichts Magisches an mir. Das würde ich wissen, meinen sie nicht, Bürgermeister?" Fragte ich überlegend. Ich überlegte, das hätte ich doch bestimmt bemerkt, dachte ich still.*

„Wie kommt es, dass ihr in diesem alten Koffer gelandet seid. Und jetzt in meinem Haus zum Leben erwacht?" fragte ich geradeaus. Das interessierte mich sehr.   Der Bürgermeister seufzte leise und räusperte sich dann. „Unser früherer Beschützer musste seine Heimat verlassen. Er musste uns in Sicherheit bringen. Also versetzte er uns alle in Tiefschlaf und packte den Rest unseres Dorfes in den Koffer. Wir waren mit einem Flugzeug unterwegs, ein sehr langer Flug. Unser ehemaliger Beschützer wollte uns eigentlich am Flughafen wiedereinsammeln. Doch das passierte nicht. Er hat sich nie wieder gemeldet. Wir erwachten erst wieder als du unsere Häuser aufgestellt hast und uns die Kirche wiedergabst." Erklärte der Bürgermeister dann grantig.

„Es muss dem Hüter etwas passiert sein, Vater. Er war doch sonst so zuverlässig." Warf jetzt Lana ein. „Ja, eine betörende Frau garantiert. Der lässt doch nichts anbrennen." Schimpfte der

Bürgermeister verärgert. Ich unterdrückte ein Schmunzeln. Wie alt mochte der ehemalige Hüter sein, überlegte ich. „Wie kam mein Großvater in den Besitz eurer Kirche, Leute?" fragte ich stattdessen. Ich wollte keinen Streit provozieren. Endlich lächelte der Bürgermeister wieder. Er erhob sich und deutete eine Verbeugung an. „Glaubst du an das Schicksal, Ruby Tanner? Denn es muss Schicksal sein. Die Familie deines Großvaters waren unsere vorherigen Hüter. Wir hatten ein gutes Leben bei den Menschen. Wir lebten alle auf dem Dachboden des alten Schlosses. Die Heimat deines Großvaters. Damals umfasste unser Dorf vierzig Häuser. Eins schöner als das andere. Dein Großvater war damals noch klein, aber er kümmerte sich sehr gut um uns. Doch dann wurden deine Urgroßeltern der Zauberei verdächtig. Die Menschen taten sich zusammen und brachen ins Schloss ein. Sie verwüsteten alles und jagten die Familie Tanner. Sie konnten gerade noch fliehen. Dein Großvater hatte die alte Kirche in seinem Zimmer, um sie zu reparieren. Ich nehme an, dass er sie auf seiner Flucht mitgenommen hat. Er glaubte wohl, das restliche Dorf würde vernichtet werden. Doch es wurden nur vereinzelte Häuser gestohlen. Mit den Bewohnern. Unser ehemaliger Besitzer konnte einige der Häuser wieder finden. Jetzt sind bereits dreiundzwanzig der ursprünglich vierzig wieder da. Und jetzt auch unsere Kirche." Erzählte der Bürgermeister traurig. Er griff nach der Hand seiner Tochter. „In einem der verschwundenen Häuser war meine Mutter damals. Sie war gerade auf Besuch bei ihrer Schwester als das Unglück passierte. Ich war damals noch sehr klein und kann mich kaum erinnern." Sagte jetzt Lana. Verstehend nickte ich. „Meine Eltern starben, da war ich gerade acht Jahre alt. Ich habe auch kaum noch Erinnerungen an die beiden. Meine Großeltern zogen mich auf." Sagte ich leise. Ich schenkte mir Kaffee nach, das brauchte ich jetzt. Es war eine betrübte Stimmung entstanden, überlegte ich. Besser, ich wechselte das Thema. „Ihr müsst alle hungrig sein, denke ich. Was esst ihr denn so? Muss ich da was beachten?" fragte ich deshalb fröhlicher als ich mich fühlte.

„Wir sind Vegetarier, Ruby Tanner. So nennt ihr das wohl heute. Wir essen nur, was uns die Natur schenkt. Honig, Eier und Milch. Sonst nur Gemüse und Obst. Das ist also einfach." Erklärte jetzt Lana wieder und hob lauschend ihren kleinen Kopf. „Du bekommst Besuch, Ruby Tanner. Wir sollten uns verstecken." Sagte sie hastig und hob ihre Arme. Ich verstand und trug Vater und Tochter ins Wohnzimmer. Dort stellte ich den Fernseher aus. Gegen den Protest der restlichen Dorfgemeinschaft. Gerade waren alle Trolle wie der in ihren Häusern verschwunden, als es an der Haustür klingelte. Ich sah zur Uhr. Fünf Uhr in der Frühe. Wer würde mich jetzt stören, überlegte ich.

„Ruby? Alles in Ordnung? Ich sah Licht und den Fernseher in deinem Haus flackern. Ich mache mir Sorgen!" rief Ralf durch den Briefschlitz. „Das ist nur mein Nachbar, Ralf ist harmlos." Flüsterte ich erleichtert und öffnete die Haustür. Ralf kam vorsichtig in den Flur. Ich versperrte ihn den Weg, als er weiter ins Wohnzimmer gehen wollte. „Alles bestens, Ralf. Ich konnte nur nicht schlafen. Und da habe ich etwas ferngesehen." Log ich dann unhöflich. Trotzdem sah sich Ralf suchend um. So als vermutete er etwas bestimmtes. „Komm on die Küche. Ich habe Kaffee fertig." Lockte ich den Mann vom Wohnzimmer weg. Willig folgte er mir.

Adam war gerade wieder eingeschlafen. Es kostete ihm immer noch Kraft, wenn er sich länger auf seinen Beinen bewegte. Doch er war heute den ganzen Nachmittag mit der Suche nach seinem Koffer beschäftigt gewesen. Er machte sich große Sorgen um die Trellerbys. Sorgen und Vorwürfe. Jetzt war erschöpft und freute sich auf seinen Schlaf.

Das Klingeln seines Telefons riss den Mann aus seinem Dämmerschlaf. Verwundert sah er auf die Uhr. Fünf Uhr in der Frühe. Wer würde ihn so früh anrufen. „Hallo? Meldete er sich verschlafen.

„Hier spricht der Bürgermeister, Adam. Wir waren bis eben in Sicherheit. Wir sind bei Ruby Tanner gelandet. Sie ist die Enkelin des ehemaligen

Fürsten Tanner. Sie ist sehr nett. Doch jetzt ist hier ein fremder Zauberer aufgetaucht. Ich befürchte schlimmes." Sagte der Bürgermeister hastig.

3 Kapitel

Das war eindeutig Schicksal, dachte Adam Mc Vallun schmunzelnd. Wie lange hatte er nach dieser Familie gesucht? Vergeblich gesucht. Hätte der verstorbene Fürst Josef ihm nicht um Hilfe gebeten, und den Weg hierher gewiesen, würde er immer noch suchen, dachte Adam. Der uralte Zauber wirkte also immer noch. Das Volk der Trellerbys hatte nach all den schweren Jahren zu seinen einstigen Beschützern zurückgefunden, überlegte er. Dadurch hatte Adam endlich die verschwundene Fürstenfamilie gefunden. Seit Neunzig Jahren galt diese Familie als verschollen. Jetzt endlich war der Erbe dieser Familie aufgetaucht, nun ja, die Erbin. Doch das würde die Geschichte grundlegend ändern. Jetzt musste Adam nur noch rausfinden, wo diese unbekannte

Erbin wohnte. *Was für ein Glück, das er den Trellerbys den Umgang mit einem Telefon beigebracht hatte, dachte Adam jetzt grinsend. Doch dann wurde er wieder ernst. Der kleine Bürgermeister sprach von einem fremden Zauberer, der sich jetzt gerade bei dieser Ruby Tanner aufhielt. Das war gar nicht gut, überlegte er besorgt. Wie waren die anderen Magier auf die Frau aufmerksam geworden?* „Bist du dir sicher, Bürgermeister? Ich meine, dass es sich wirklich um die Erbin des alten Fürsten handelt? Das es keine Schwindlerin ist?" *fragte Adam dann ernst.* „Nein, es ist eindeutig eine Tanner, Adam. Sie hat uns unsere Kirche wiedergegeben. Stell dir vor, seit so vielen Jahren haben wir unsere Kirche wieder," *sagte der kleine Bürgermeister und lachte glücklich.* „Doch du solltest deinen Hintern aus dem Bett schwingen und herkommen. Der andere Zauberer sitzt mit Ruby in der Küche und versucht, ihr den Kopf zu verdrehen. Lana schätzt, der Kerl ist in Ruby verknallt." *Erklärte der Bürgermeister finster.* „Momentan versucht der Kerl, Ruby unser Dorf abzukaufen! Er setzt seine Kräfte dafür ein. Du musst unbedingt kommen, Adam!" rief jetzt Lana in den großen Telefonhörer. Adam fluchte und quälte sich bereits aus dem Bett. Seine Rippen schmerzten immer noch. Doch darauf konnte er jetzt keine Rücksicht nehmen. „Ich brauche eine Adresse, Leute." Sagte Adam, seine Schmerzen ignorierend.

„Hier liegt ein Brief, Adam. Ich lese dir den Briefkopf vor." Rief Lana und las langsam Wort für Wort vor. Es dauerte lange und erforderte Adams gesamte Geduld. Doch dankbar notierte er jedes Wort und hoffte, das kleine Mädchen richtig verstanden zu haben. „Ruby Tanner, Parklane 144. Interessant, ich werde dich finden." Murmelte der große Mann und griff nach seiner Hose. Zeit, die unbekannte Frau endlich kennenzulernen. Adam griff seinen Gehstock, auf den er seit seinem Unfall vor drei Monaten angewiesen war und machte sich auf den Weg, seine Mutter zu wecken. Mutter musste ihn fahren, denn mit seinem verletzten Bein konnte er sich nicht hinters Steuer setzen.

„Wie jetzt. Gestern Abend wolltest du die kleinen Häuser noch verbrennen. Und jetzt willst du sie mir abkaufen? Wie soll ich das verstehen, Ralf? Abgesehen davon, dass ich die Häuser nicht verkaufen werde. Sagen wir so, sie sind mir ans Herz gewachsen." Sagte ich verärgert. Eigentlich mochte ich meinen Nachbarn ja. Aber heute Morgen machte er mich nervös. Ralf war heute sehr hartnäckig, dachte ich müde. Immerhin hatte ich kaum geschlafen. Ralf sah mich bittend an. So als wollte er mein Mitleid erregen. Das ließ mich grinsen. „Vergiss deinen Dackelblick, der zieht nicht bei mir." Sagte ich streng. „Ein Versuch war es wert." Sagte Ralf und lächelte wieder frech. „Das Dorf ist nicht das, was du glaubst, Ruby. Es wäre bei mir besser aufgehoben. Es kann gefährlich werden, solche Objekte im Haus zu haben. Das habe ich gestern bereits erkannt und deswegen wollte ich die Häuser vernichten. Doch ich wurde beauftragt, die Häuser sicherzustellen." Erklärte Ralf dann sehr ernst. So ernst, dass mir eine Gänsehaut über dem Rücken lief. So ernst kannte ich den Mann nicht, dachte ich erschrocken. „Wie gesagt, Ralf. Ich verkaufe diese

Häuser nicht.   Ich werde sie behalten und beschützen." Sagte ich finster und erhob mich. Es war wohl besser, wenn Ralf ging, überlegte ich.

„Was weißt du über Magie, Ruby?" fragte Ralf mich jetzt stockend. So, als wollte er diese Frage nicht stellen. Jetzt begann auch Ralf über Zauberei zu reden. Was war denn heute nur los. Ich schluckte schwer und setzte mich wieder. Das Gespräch schien länger zu dauern, überlegte ich. „Nun, ich weiß, dass es sie gibt. Mein Großvater war ein Zauberer, ein Guter, wohlgemerkt. Ich weiß, dass es auch schlechte Zauberer gibt. Großvater hat mich da aufgeklärt und gewarnt. Gewarnt vor den schlechten   Zauberern. Leider haben weder meine Mutter noch ich diese Kräfte geerbt. Großvater sagte, das sei für Frauen normal. Zauberkräfte werden nur vom Vater an den Sohn vererbt." Sagte ich dann leise. Dann sah ich Ralf misstrauisch an. „Bist du ein Zauberer, Ralf?" fragte ich dann vorsichtig. Ralf räusperte sich leise. Überrascht, dass ich Bescheid wusste. „Sagen wir mal so, Ruby. Nach dem Tod deiner Großeltern wurde ich gesandt, um ein Auge auf dich zu haben. Ich soll auf dich aufpassen. Dein Leben ist unserer Regierung wichtig." Erklärte Ralf jetzt heiser. Wieder sah er sich um. „Diese Häuser sind verzaubert, Ruby. Es leben Trolle darinnen. Nicht lachen, Ruby. Es stimmt. Die kleinen Wesen wirken freundlich und nett. Aber sie haben nur Unsinn im Kopf und bereiten eine Menge Ärger. Du bist nicht sicher in ihrer Nähe." Sagte er dann weiter als ich nachdenklich schwieg. Ich erhob mich wieder und stellte meine Tasse in die Spüle. „Du sprichst von den Trellerbys, Ralf. Ich habe das Volk bereits kennengelernt. Vielleicht solltest du sie auch kennenlernen, bevor du urteilst." Sagte ich schmunzelnd. Ralf erhob sich auch und sah mich verwundert an. „Du kannst diese Wesen sehen und sprechen? Dann musst du Magie in dir haben. Ich mache mir Sorgen, dass diese Wesen unkontrolliert durch dein Haus toben. Sie werden alles auf den Kopf stellen. Wo sind sie gerade?" fragte er besorgt. Ich führte Ralf ins Wohnzimmer und musste dem Mann Recht geben. Der große Raum wirkte, als sei eine Bombe eingeschlagen. Sämtliche Bücher lagen verstreut auf dem Boden und der Telefonhörer hing daneben. Das Freisignal dröhnte laut. Einige Dorfbewohner stritten sich um die Fernbedienung des Fernsehers, andere drehten am Senderknopf des Radios. „Was ist hier denn los." Schimpfte ich wütend los.

„Der fremde Zauberer!" rief Lana erschrocken und versteckte sich hinter einer Blumenvase. Alle Trellerbys erstarrten und sahen mich furchtsam an. Ralf raufte sich die Haare und legte beruhigend eine Hand auf meine Schulter. „Das hier ist noch harmlos, Ruby. Diese Trolle haben nur Unsinn im Kopf. Da braucht es erfahrene Zauberer, um sie zu bändigen. Das Dorf muss in die Zentrale gebracht werden. Dort können wir besser mit den Trellerbys umgehen." Sagte er dann bestimmend. Zentrale, erinnerte ich mich. Das Hauptquartier der Zauberer. Warum hatte ich das vergessen?

Jetzt kam der Bürgermeister um die Vase herum. Finster hob er seine kleine Hände. „Wir werden uns nicht gefangen nehmen lassen, Zauberer! Wir waren lange genug gefangen. Ich weiß, was uns in ihrer sogenannten Zentrale erwartet! Ein Leben hinter Glas!" schrie der kleine Mann wütend zu uns herauf. „Glas?" fragte ich verwundert. „Das Einzige, was diese Wesen aufhält. Glas ist ihr Feind." Murmelte Ralf besorgt. Verstehend nickte ich. Deswegen waren die kleinen Wesen nicht aus dem Wohnzimmer gekommen. Ich hatte die Glastür geschlossen, bevor ich Ralf die Haustür öffnete. „Deswegen hat Großvater überall Glastüren verbaut. Er hoffte wohl, euch wiederzusehen, Bürgermeister." Murmelte ich erkennend. Lächelnd beobachtete ich die kleinen Trolle, sie hatten begonnen, wieder aufzuräumen. Sehr lobenswert, dachte ich schmunzelnd. „Sie sind doch ganz harmlos, Ralf. Ich werde sie dir nicht mitgeben, sorry." Sagte ich entschlossen, um die Trolle zu kämpfen.

„Ich denke, da hast du keine Wahl, Ruby. Ich habe meine Befehle. Die Trolle müssen in eine sichere Umgebung. Und das ist nun mal in der Zentrale." Murmelte Ralf jetzt streng. Er sah sich nach dem großen Koffer um. Hilflos zuckte ich mit den Schultern. Ralf war ein Zauberer, ich war machtlos. „Es ist besser so, Ruby. Du hast keinerlei Zauberkraft. Du kannst die Trellerbys nicht in Schach halten. Sie werden dir bald auf der Nase tanzen. Ich kenne solche Wesen gut. Nicht lange, und dein Haus würde einem Schlachtfeld gleichen." Sagte Ralf erklärend. Ich konnte nicht verhindern, dass mir die Tränen über die Wange liefen. Die kleinen Wesen waren mir in der kurzen Zeit ans Herz gewachsen. Tröstend legte mir Ralf seinen Arm um die Schultern. Er wollte mich an sich drücken, doch ich suchte Abstand. Ich wollte keine falschen Hoffnungen wecken, dachte ich traurig. Ich mochte den Mann, doch mehr würde es nie werden. Lana verzog verärgert ihr Gesicht, das konnte ich gut erkennen. Irgendetwas störte das kleine Mädchen, das merkte ich. Pass auf! Der Mann manipuliert dich, Ruby!" riefs sie böse.

Der kleine Bürgermeister hob wieder seine Hände. Er seufzte wütend. „Wir werden uns nicht wieder einsperren lassen! Nur, weil ihr Großen uns fürchtet!" schimpfte er laut und rief seine kleine Gemeinde zusammen. Vier kleine Trolle ließen jetzt das große Buch fallen und kamen zu uns. Finster starrten sie alle den großen Zauberer an. „Wir haben lange genug hinter Glas gelebt. Das wollen wir nie wieder." Rief jetzt Lana grimmig. Sie nahm die Hand ihres Vaters und sah mich dann fast entschuldigend an. Ralf seufzte leise, bedauernd, schien es mir. „Es muss sein, Leute. Ihr könnt unsere Welt nicht durcheinanderbringen. Ruby kann nicht auf euch aufpassen." Erklärte Ralf und wollte den alten Koffer greifen. Doch dann erstarrte der Mann mitten in seiner Bewegung. Auch ich wurde unfähig, mich zu bewegen. „Was, was passiert hier?" fragte ich Ralf. Doch der Mann schwieg und starrte den Bürgermeister verwirrt an.

Der Bürgermeister murmelte und flüsterte. Ich spürte, dass mein Körper zu kribbeln begann und mir schwindlig wurde, der Bürgermeister sprach jetzt lauter. Ich sah mich hilfesuchend nach Ralf um. Doch der Mann schrumpfte vor meinen Augen und war plötzlich auf die Größe der Trellerbys geschrumpft. Ich schrie auf. Denn auch ich wurde schnell kleiner und sah meine Möbel wuchsen. Oder war ich es, die schrumpfte?

Vergeblich versuchte ich, mich am Tisch festzuhalten. Ich rutschte am Tischbein entlang, dem Boden zu. Der Schwindel nahm zu und ohnmächtig fiel ich auf den, zum Glück, weichen Teppich. Dort blieb ich liegen. Der Bürgermeister kam und kniete sich zu mir. „Entschuldige, Ruby Tanner. Aber ich musste so handeln. Wir können uns nicht wieder einfangen lassen. Wir haben unseren letzten Hüter benachrichtigt. Er ist auf dem Weg hierher. Dann wird er uns in Sicherheit bringen. Solange werdet ihr, der Zauberer als unser Gefangener und du, als unser Gast, so klein bleiben. Es wird dir in unserem Dorf gefallen. Vertraue mir. Dein Großvater war gerne hier." Sagte der Bürgermeister entschuldigend. Ich spürte, wie mich zwei kleine Männer aufhoben und in eines der kleinen Häser getragen wurde. Ich hörte nicht, dass jemand laut und ausdauernd an meiner Haustür klingelte und klopfte.

4 Kapitel

Adam rief und klopfte verärgert gegen die Türen und die vielen Fenster des uralten Hauses. Bis heute hatte er von der Existenz dieses Hauses nichts gewusst, überlegte er angespannt. Das hier war ein verzauberter Ort, das hatte Adam sofort gemerkt. Hier war ein mächtiger, erfahrener Zauber am Werk gewesen, keine Frage. Das hier trug die Handschrift des alten Fürsten. Rubys Urgroßvater. Adam hatte in der alten Heimat eine Menge seiner „Arbeiten" bewundern können. Jeder Zauberer oder Hexe, kannte den berühmten Franziskus von Tanner. Nur seine eigene Ur-Enkelin schien unwissend zu sein, überlegte Adam weiter. Er suchte einen Weg ins Haus. Wie konnte es sein, dass diese Ruby keine Ahnung hatte, wie berühmt ihre Familie eigentlich war? Hatte ihr Großvater sie nie aufgeklärt? Wieder rüttelte Adam vergeblich an einen der Fenster. Alles fest verriegelt, dachte er frustriert. Er wunderte sich, dass niemand reagierte. Hatte der Bürgermeister nicht gesagt, diese Ruby sei im Haus? Und das mit einem fremden Zauberer. Einen gefährlichen Zauberer, der vielleicht böses im Sinn hatte? Wieder stand Adam vor der eleganten Haustür. „Verdammt, Haus! Ich bin ein guter Zauberer! Ich bin hier, um deiner Besitzerin zu helfen! Du musst doch bemerken, dass hier etwas Merkwürdiges vor sich geht! Ruby braucht vielleicht Hilfe!" rief Adam jetzt ungeduldig. „Der alte Fürst hat mich gesandt. Er sagte, seine Enkelin braucht Hilfe!" schrie er jetzt unbeherrscht. Verdammt, er musste etwas unternehmen. Das Wunder geschah. Knarrend öffnete sich die Haustür einen Spalt. „Danke, Haus!" rief Adam und betrat das uralte Gebäude vorsichtig. Gespannt, was ihm erwartete. Denn in den ganzen Jahren, da er auf die Trellerbys aufpasste, hatte schon einige Überraschungen erlebt.

Jemand legte mir einen kalten Lappen auf die Stirn. Das weckte mich wieder auf. Mürrisch schlug ich um mich. Ich wollte weiterschlafen. Denn dazu war ich vergangene Nacht ja nicht gekommen. Ein helles Lachen ließ mich ungnädig die Augen öffnen. Lana beugte sich lächelnd über mich. „Willkommen unter den Lebenden, Ruby Tanner." Begrüßte sie mich freundlich. Verwirrt versuchte ich mich aufzurichten. „Lana? Wie ist das möglich. Vorhin warst du doch so winzig. Jetzt bist du ebenso groß wie ich. Was hast du gemacht." Fragte ich verwundert. Lana lachte glockenhell, fast war ich neidisch darauf. Die junge Frau hatte ein wunderschönes Lachen, dachte ich fasziniert. Warum konnte ich nicht so fröhlich sein? Lana seufzte. „Du musst deine Sichtweise ändern, Ruby Tanner. Du bist so groß wie ich, nicht andersherum." Erklärte sie dann fröhlich. „Es tut Vater sehr leid. Eigentlich wollte er nur den feindlichen Zauberer daran hindern, uns wieder einzusperren. Deswegen hat er den Mann klein gezaubert. Du standest leider mit im Weg. Da hat dich Vaters Zauber ebenfalls erwischt. Es tut Vater leid. Aber es war der einzige Weg, das Unglück zu verhindern. Wir waren lange genug eingesperrt. Das war elendig. Immer auf fremde Menschen angewiesen. Sie bestimmten, was wir zu Essen bekamen. Und wann. Gehorchten wir nicht, gab es nichts!" schimpfte Lana laut. „Diese einzigartige Welt gehört uns allen, nicht nur den Riesen. Ihr Riesen missachtet die Natur und alles, was euch als niedriger als euer eigenes Leben erscheint!" sagte sie bitter,. „Ihr räumt euch das Recht ein, über alles herrschen und bestimmen zu können." Sagte sie dann leise.

Betroffen schwieg ich zu den Anschuldigungen. Auch, wenn ich es noch nie so betrachtet hatte, musste ich der Frau recht geben. Die Trellerbys hatten das gleiche Recht, frei zu leben, wie wir großen, dachte ich. Langsam erhob ich mich. Zeit, meine neue Umgebung zu erkunden. „Wo bin ich hier?" fragte ich vorsichtig. Ich wollte Lanas Gefühle nicht erneut verletzen. Doch die junge Frau lachte bereits wieder. Sie hatte sich anscheinend Luft gemacht und gut. „Du bist in meinem Elternhaus, Ruby. So sieht das kleine Haus aus meiner Größe aus. So wohnen Vater und ich. Ist doch gemütlich, nicht wahr?" sagte sie lächelnd. Stolz auf ihr Zuhause. Staunend sah ich mich um. Das kleine Haus wirkte wirklich gemütlich und einladend. Warum empfand Ralf die Trelllerbys eigentlich als gefährlich. Das verstand ich jetzt noch weniger. „Ralf! Was habt ihr denn mit meinem Nachbarn gemacht, Lana?? Wo steckt der Mann? Ihr habt ihm doch hoffentlich nichts angetan." Fragte ich jetzt streng. Lana wurde jetzt feuerrot und senkte beschämt den Kopf. Das sah niedlich aus, dachte ich still, verkniff mir allerdings einen Kommentar. Das wäre jetzt nicht angebracht gewesen. Ich wollte ja erfahren, was die kleinen Wesen mit dem Zauberer angestellt hatten. Der liebe, sanfte Ralf war ein Zauberer, erinnerte ich mich erschaudernd. Das hätte ich nie vermutet.

„Vater musste so handeln, Ruby. Er konnte nicht zulassen, dass der Zauberer uns wieder in den alten Koffer sperrt. Dort waren wir zu lange gefangen. Lange Jahre stand der alte Koffer verstaubt im Keller eines Museums. Bis uns der ehemalige Hüter fand und befreite. Leider wurden wir auf seiner letzten Reise getrennt und landeten dadurch bei dir, Ruby." Erklärte Lana, statt einer direkten Antwort auf meine Frage. „Wo finde ich Ralf?" fragte ich deshalb etwas strenger. Auch wenn ich das kleine Volk verstehen konnte, so würde ich keine Gewalt dulden, dachte ich wütend. Man konnte alles friedlich regeln, das war meine Devise. Und daran hielt ich mich. Lana seufzte übertrieben laut und versuchte ein missglücktes Lächeln. „Wir haben den Zauberer in der Kirche eingesperrt, Ruby Tanner. Dort kann er nicht fliehen, denn der Ort ist heilig. Und nur der Pfarrer kann den Bann dort aufheben. Solange das nicht passiert, ist der Zauberer dort gefangen." Erklärte Lana dann heiser hustend. „Wir haben den Mann dort nur gefangen genommen. Wir haben ihm nichts angetan." Setzte sie hastig hinzu und wurde wieder rot. Ich verschwand schnell ins kleine Badezimmer, dann ging ich entschlossen zur Haustür. „Ich will Ralf sehen. Bringe mich zu ihm." Bestimmte ich. Entschlossen, diese verfahrene Situation zu klären. Es musste doch eine Lösung dafür geben. Eine Lösung, die beiden Seiten half. Ich wollte mein altes, langweiliges Leben wiederhaben. Frustriet griff Lana sich ihre Jacke. „Folge mir, Ruby." Sagte sie grimmig.

„Hallo? Jemand zuhause?" rief Adam und ging suchend durch die vielen Räume. Das Haus war größer als es von außen den Anschein machte.

Vorsichtig ging er von Raum zu Raum. Nicht, dass er gleich eine Bratpfanne über den Kopf bekam, dachte er besorgt. Immerhin brach er gerade in ein Zauberer Haus ein. Und so etwas kam nie gut. Besser, er kündigte sich also an.

„Eindeutig das Haus eines mächtigen Zauberers. Ich spüre dessen Anwesenheit immer noch." Sagte Adams Mutter und fuhr sich fröstelnd über die Oberarme. Adam schrak zusammen, er hatte nicht bemerkt, dass seine Mutter ihm ins Haus gefolgt war. Sie sollte doch eigentlich im Auto warten. Es würde auch ohne Erikas Anwesenheit schwierig genug werden, dachte er verärgert. „Ja, der Zauberer hat dem Haus einen eigenen Willen gegeben, Mutter. Ich kann mit dem Haus reden." Erklärte er dann ernst. Wieder sah er sich suchend um. Irgendwie hatte Adam das Gefühl, das Haus führte ihn absichtlich in die Irre. Um sich einen Spaß zu gönnen.

„Na, wenn es so ist. Warum suchen wir dann noch. Haus, wo finden wir deine Besitzerin? Ruby Tanner?" fragte Erika Mc Vallun grinsend und lachte auf, als eine große Tür aufschwang.

Zufrieden schob sie ihren erstaunten Sohn beiseite und folgte dem Hinweis. „Ich habe zwar diese Ruby nicht gefunden, Sohn! Aber ich habe das Dorf der Trellerbys hier! Und die alte Kirche steht direkt in der Mitte. Der Bürgermeister hat recht gehabt. Wir sind im Haus der Fürstenfamilie. Vielleicht bekommen wir endlich Antworten." Rief Erika. Nachdenklich folgte Adam seiner Mutter. Das kleine Dorf hatten sie also gefunden. Doch wo war diese Ruby Tanner verschwunden? Hatte der fremde Zauberer die junge Frau entführt? Oder schlimmer, ihr etwas angetan? Wut stieg in Adam auf, als er daran dachte. Das würde ihm der fremde Zauberer büßen, dachte er zornig. Schnell folgte er seiner Mutter.

„Wunderschön, die Kirche ist wirklich so schön, wie die Trellerbys sie immer beschrieben haben. Und so perfekt erhalten. Der alte Fürst muss sie sehr gepflegt haben." Sagte Adam staunend. Lächelnd griff er nach dem Gebäude. „Vorsicht, Adam Mc Vallun. Es befinden sich Lebewesen in der Kirche. Und sie würden es nicht schätzen, *durchgeschüttelt zu werden!" hörte Adam plötzlich die Stimme des kleinen Bürgermeisters rufen. Sofort zog Adam seine Hand zurück. Suchend sah er sich um. „Hier, auf dem Tisch. Beim Telefon." Rief der Bürgermeister lachend. Adam erhob sich wieder und kam zum großen Tisch. „Guten Tag, Bürgermeister. Ich bin auf der Suche nach Ruby Tanner. Weißt du, was mit der jungen Frau passiert ist?" fragte Adam jetzt besorgt. Er kannte die Trellerbys lange genug, um sich Sorgen zu machen. Oft genug hatte er in den letzten Jahren Kopf und Kragen riskiert, um das kleine Volk zu beschützen. Seit er die ersten Häuser dieser kleinen Dorfgemeinschaft auf einer alten Scheune des ehemaligen Schlossgeländes derer von Tanner gefunden hatte, waren sie seine Aufgabe geworden. Dafür war er sogar zum Dieb geworden und dachte an das Museum. Dort hatte er weitere Häuser gestohlen. In den Jahren hatte er bereits drei weitere Häuser auffinden können. Das letzte zufällig auf einen Trödelbasar. Es war immer wieder schön, wenn er die Familien des Dorfes vereinigen konnte, dachte Adam lächelnd. Doch dann wurde er ernst. Immer noch war diese*

Ruby Tanner verschwunden. Und der Sache musste er auf den Grund gehen. „Also, Bürgermeister. Wo steckt Ruby?" Wiederholte er seine Frage, jetzt etwas strenger. Er kleine Mann räusperte sich und wurde tatsächlich rot. „Es war ein Unfall, Master Adam. Ein Missgeschick. Der fremde Zauberer wollte uns mitnehmen. Du wärst zu spät gekommen, um uns zu retten. Der Mann hat Ruby mit schönen Worten umgarnt und sie fast hypnotisiert. Er ist geschickt darinnen, Ruby hatte keine Chance, sich zu wehren. Da musste ich eingreifen. Ich zauberte den fremden Zauberer klein, damit wir ihn festhalten konnten, bis du zu unserer Rettung erscheinst. Leider stand Ruby Tanner im Weg und wurde ebenfalls von dem Zauber getroffen. Das war keine Absicht. Aber irgendetwas musste ich unternehmen. Der Zauberer wollte uns hinter Glas sperren. Du weißt, dass haben wir lange Jahre durchmachen müssen. Das wollen wir nie wieder erleben." Rechtfertigte sich der kleine Mann grimmig. Adam nickte verstehend. Er wusste, Glas war der Erzfeind des kleinen Volkes. Es blockierte ihre Freiheit und deren Zauberkraft. Er stellte sich vor, nicht mehr   zaubern zu können und seine Wut verflog. Er verstand die Handlungsweise des Trolls. „Gut, passiert ist passiert. Jetzt muss ich es wieder richten. Ist ja nicht das erste Mal, oder?" sagte er schief grinsend. „Mutter? Lass das Haus in Ruhe und komm her! Ich muss die Trellerbys besuchen!" rief Adam dann laut. Seine Mutter unterbrach ihren Erkundungsgang durch das große Haus und kam zurück ins Wohnzimmer. „Schade, Sohn. Ich glaube, ich habe gerade das geheime Zimmer des letzten Fürsten entdeckt. Ich habe interessante Dinge gefunden. Das solltest du dir später ansehen. Es war bestimmt kein Zufall, das wir auf Ruby Tanner gestoßen sind."" Erklärte Erika Mc Vallun ernst. Sie blieb stehen als sie sah, wie der kleine Bürgermeister seine Hände hob und murmelte. Ihr wirklich großer Sohn schrumpfte zusehends. Schnell war er auf die Größe des Trolls neben sich geschrumpft. „Erledige alles, Adam. Ich werde hier Wache halten. Nicht, dass noch mehr feindliche Zauberer auftauchen." Sagte Erika zufrieden. Lächelnd sah sie ihren winzigen Sohn winken. Adam folgte dem Bürgermeister in das alte Dorf.

5 Kapitel

Staunend lief ich durch das alte Dorf. Wenn diese Häuser aus meiner „Riesenrichtung" wie Spielzeug wirkte, so war es jetzt ein richtiges Dorf. Mit Marktplatz und funktionierenden Brunnen. Dort saßen junge Mädchen und flirteten frech mit den Burschen. Ich kam mir wie im letzten Jahrhundert vor. Genauso hatte mein geliebter Großvater immer erzählt, erinnerte ich mich glücklich. Jetzt war ich nicht mehr böse, dass der Bürgermeister mich versehentlich geschrumpft hatte. Das hier war fantastisch, dachte ich überwältigt. Erst aus dieser Größe, konnte ich die Schönheit aller Häuser entdecken, Jedes Haus war einzigartig. Mit wunderschönen Malereien an den Wänden. Das sah man als Riese nicht, dachte ich erstaunt. „Wenn dir das alles gefällt, musst du die Kirche von innen sehen, Ruby. Du wirst begeistert sein." Sagte jetzt Lana und öffnete die große Tür. Bis dato hatte ich nicht gewusst, dass sie sich öffnen ließ. Bewundert strich ich über die Heiligenbilder an der Wand des Eingangs. „Du hast uns ein unersetzliches Geschenk gemacht als du uns die Kirche wiedergegeben hast, Ruby. Du bist die würdige Erbin deines Großvaters." Sagte Lana freundlich und öffnete eine weitere Tür.

Schon hörte ich die wütende Stimme von Ralf. Der Mann schien mehr als wütend zu sein, überlegte ich. So, wie er schrie, würde er gleich platzen. Grimmig näherte ich mich und räusperte mich laut. Endlich verstummte Ralf und sah mich finster an. „Dich haben diese Verbrecher also auch geschrumpft. Hätte ich mir ja denken können. Diese Halunken machen keine halben Sachen!" schimpfte er sofort los. „Lieber entführen sie einen hochrangigen Zauberer und eine Unschuldige, statt sich ihrem Schicksal zu beugen." Sagte er etwas leiser als ich nachdenklich schwieg. Ich begann, seine Fesseln zu lösen. „So schlimm finde ich es nicht, einmal so klein zu sein. Das erweitert den Blickwinkel. Endlich kann ich die Welt einmal aus Lanas Sichtweise sehen." Erklärte ich geduldig. „Lana?" fragte Ralf sofort nach und pfiff anerkennend als er meine Begleiterin erblickte. „Ein kleines, freches Trollmädchen, du musst diese Lana sein. Sehr niedlich, Kleine." Sagte Ralf sarkastisch. Erleichtert rieb er sich seine freien Handgelenke und begann, seine Beine zu befreien. Lana verzog verärgert ihr Gesicht und schnaubte wütend. „Zu deiner Information, Zauberer. Ich bin bereits hundertfünfzig Jahre alt. Also kein Mädchen mehr!" sagte sie dann grimmig. Dann wandte sie sich an mich. „Den Kerl zu befreien war sehr unvorsichtig. Nicht umsonst haben wir ihn gefesselt." Sagte sie finster.

„Das finde ich auch, Miss Tanner! Sie haben voreilig gehandelt. Mit freien Händen kann der Mann viel Unheil anrichten!" hörte ich jetzt eine verärgerte Stimme, dunkel rufen. Überrascht schwang ich herum. Ich sah den Bürgermeister und einen, mir fremden Man, auf mich zukommen. Beide Männer sahen nicht gerade glücklich aus. Besonders der Große, na ja, in dieser Dimension groß, schien sich darüber zu ärgern. Merkwürdigerweise schien ich seine Wut zu spüren. Wer war dieser merkwürdige Mann? Mein Blick glitt über sein Gesicht, sein dunkles

Haar und stoppte dann bei dem altmodischen, grünen Anzug, mit der kleinen, schwarzen Fliege. Sehr ungewöhnlich, dachte ich amüsiert. Wer kleidete sich denn so noch. Der Mann berührte, trotz seiner merkwürdigen Kleidung, meine Gefühle, dachte ich mit klopfenden Herzen. So etwas war mir noch nie passiert. Jetzt lächelte er frech und ich schluckte schwer.

Doch dann konzentrierte ich mich wieder auf mein Problem. „Ich hasse Fesseln. Egal ob Mensch oder Tier. Man kann alles friedlich regeln, sage ich immer." Sagte ich grob. Dann drehte ich mich zu Ralf. „Versprich mir, dass du keinen Blödsinn machst, Ralf. Lass uns das hier in aller Ruhe lösen." Bat ich den Mann leise. „Diese Wesen kämpfen doch nur um ihre Freiheit. Das musst du verstehen." Flüsterte   ich heiser. Ralf grollte ungehalten. „Du hast keine Ahnung, was für Unheil diese ach so niedlichen Wesen anrichten können, Ruby. Dein Wohnzimmer gestern Nacht war erst der Anfang. Sie kennen kein Dein oder Mein. Sie nehmen sich alles, was sie interessiert. Egal, wem es gehört." Sagte Ralf und strich mir *liebevoll das lange Haar aus dem Gesicht. Ich hörte ein dunkles Knurren hinter mir. Der fremde Mann war hinter mir stehengeblieben. Jetzt drehte er mich zu sich herum und betrachtete intensiv mein Gesicht. „Eindeutig eine Tanner. Die letzte ihres Geschlechts, nehme ich an." Sagte der fremde Mann dann ernst. „Ihr Urgroßvater war auch so vertrauensselig, Ruby. Das hat seiner Familie damals fast das Leben gekostet." Setzte er hart hinzu. Seine Hände auf meinen Schultern, machten mich nervös. Hastig löste ich mich von dem Mann und machte zwei Schritte rückwärts. Was war plötzlich mit mir Los? Mein Herz schlug laut und hart gegen die Brust. Wer war dieser fremde Mann? Gehörte er auch zur Dorfgemeinschaft? Schwer schluckend betrachtete ich sein Gesicht. Der Mann sah verboten gut aus, dachte ich kurzatmig. Seine grauen Augen starrten mich immer noch verärgert an. Ich schluckte schwer und wandte mich dann an Ralf. Um mich dem Bann des anderen Mannes zu entziehen, sprach ich jetzt wieder meinen Nachbarn an. „Bitte Ralf. Keinen Ärger bitte. Mir zuliebe." Bat ich wieder. Ich* wartete, bis Ralf ergeben nickte. „Ich verspreche es dir, Ruby." Sagte er dunkel. Dann schob er mich sanft beiseite. Finster starrte er den fremden Mann an. „Adam Mc Vallun, nehme ich? Man sagte mir, dass sie hiergezogen sind. Und man hat mich vor ihnen gewarnt." Sagte Ralf dann streng.

„Und sie sind dann bestimmt ein Agent des zentralen Zauberer Rates. Man hat sie gesandt, um ein Auge auf Ruby zu haben. Habe ich recht?" fragte dieser Adam Mc Vallun argwöhnisch. Wieder drehte der Mann mich zu sich herum. „Hallo, Ruby Tanner. Ich bin Adam. Und war lange auf der Suche nach dir. Endlich habe ich dich gefunden." Sagte er dann breit grinsend. Verwundert löste ich mich von dem fremden Mann. „Geht es ihnen nicht gut, Mister Mc Vallun? Was soll das heißen, sie waren lange auf der Suche nach mir." Fragte ich misstrauisch. „Ich bin hier im Haus geboren und aufgewachsen. Warum also sollten sie mich suchen." Fragte ich typisch grob. Dann stemmte ich meine Arme in die Seiten und bemühte mich, meinen schroffen Ton zu unterdrücken. „Könnte mich mal jemand aufklären? Was soll das heißen, Ralf. Dass du auf mich angesetzt wurdest. Du bist also nicht zufällig mein Nachbar geworden?" fragte ich dann und fuhr mir verlegen durch die Haare. Das alles war so bizarr, überlegte ich still. Immer noch spürte ich den intensiven Blick des fremden Mannes hinter mir. War das alles nur ein verrückter Traum? Schlief ich in Wirklichkeit und träumte das alles? Wieder drehte mich der fremde Mann zu sich herum. Es ärgerte ihn anscheinend, dass ich mich mit Ralf unterhielt. „Der Mann wurde dir als Wachhund geschickt, Fürstin. Die Zauberer Zentrale hat dich anscheinend überwachen lassen. Kein Wunder, du bist die letzte deines Geschlechts." Erklärte der Mann, Adam war sein Name, fiel mir ein, geduldig. So als spräche er mit einem naiven Kind, dachte ich bitter. Doch ich war erwachsen, dachte ich wütend. „Ich bin fast vierundzwanzig Jahre alt, Mister Mc Vallun. Und ich habe absolut keine Ahnung, wovon sie sprechen. Ich bin Ruby Tanner, Tochter von Magret Tanner und Enkelin von Josef Tanner. Was soll ihr Gerede von Fürstin und letzte meines Geschlechts!" sagte ich dann. Das interessierte mich sehr. Denn wenn ich eins war, dann neugierig, dachte ich jetzt lächelnd. Meine Wut verflog immer schnell. Doch meine Neugierde blieb. Auch jetzt siegte der Humor in mir. „Ich bin keine fünf Zentimeter groß und streite mich mit zwei gutaussehenden Männern. Das mir so etwas mal passieren würde, hat selbst Großvater nicht vorausgesehen." Sagte ich jetzt finster. „Großvater hat immer gesagt, ich solle abwarten. Der mir vorbestimmte Mann wird mich finden. Aber bestimmt nicht, wenn ich fünf Zentimeter groß bin." Sagte ich, als jeder im Raum jetzt schwieg." Ich schätze, der Mann hat dich trotzdem gefunden, Ruby Tanner. Ich bin hier." Flüsterte dieser Adam mir lachend ins Ohr. Ich wurde feuerrot.

Der Bürgermeister räusperte sich als erster und durchbrach die Stille. „Ich werde mich mit Ruby unterhalten, Liebes. Bringe du unseren Besuch bitte in unser Haus und bereite etwas zu Essen vor. Wir werden alle Hunger haben." Befahl der Bürgermeister seiner Tochter Lana. Dann nahm er meine Hand und führte mich weiter in die Kirche.

Erika Mc Vallun hatte sich die alte Küchenschürze umgebunden und begann die vollkommen verunstaltete Küche aufzuräumen. Hier hatten die kleinen Trellerbys ganze Arbeit geleistet, überlegte die Frau gutmütig. Kein Wunder, dass kleine Volk war ausgehungert und extrem neugierig auf alles neue. Doch, warum mussten die kleinen Trolle immer so ein Chaos hinterlassen? Das würde Erika nie verstehen. Sie erinnerte sich an ihre Küche, damals in Ungarn, als Adam das kleine Dorf stolz mit nachhause brachte. Glücklich, etwas aus dem ehemaligen Besitz der Fürstenfamilie gefunden zu haben. Und ihre Überraschung, als sie das Volk der Trellerbys entdeckten. Damals hatte das kleine Volk für ziemlich viel Chaos gesorgt. Lächelnd räumte Erika das Mehl und den Zucker wieder in den Schrank. Dann wischte sie den großen Küchentisch sauber. Adam würde noch zu tun haben. Wie dieser Ruby Tanner wohl war? Hoffentlich hatte die junge Frau einen angenehmen Charakter. Denn sie wusste, ihr Sohn hatte seine Seelenverwandte gefunden. Und das bedeutete, dass Ruby ihre Schwiegertochter werden würde. Da konnte die junge Frau sich wehren wie sie wollte. Wenn ein Mc Vallun seine Wahl getroffen hatte, hatte die Frau keine Wahl. Das wusste Erika gut aus eigener Erfahrung. Ihr Mann hatte sie damals gesehen und nicht aufgegeben, bis sie ihn geheiratet hatte. Und das, obwohl sie damals bereits verlobt gewesen war und den anderen Mann heiraten wollte.

Das Klingeln an der Haustür schreckte Erika aus ihren Gedanken. Verwundert hob Erika den Kopf. Es war kurz nach zehn Uhr in der Frühe. Wer würde jetzt denn stören? Neugierig ging Erika zur Haustür. Eine junge, elegant gekleidete Frau stand dort und trommelte gestresst mit den manikürten Fingernägeln an die Hauswand. „Guten Tag, junge Frau. Kann ich ihnen Auskunft geben?" fragte Erika freundlich die junge Frau. Irgendwie erinnerte die junge Frau sie an Ruby. Außer, dass diese Frau sich wesentlich eleganter kleidete. Die junge Frau starrte Erika überrascht an. „Wer sind sie denn! Ich wollte meine dämliche

Cousine besuchen. Wo ist Ruby?" fragte sie dann unhöflich. „Und wer sind sie? Was suchen sie hier im Haus?" fragte sie grob. Sie wollte Erika beiseiteschieben und das Haus betreten. Doch Erika versperrte ihr den Weg. „Ich bin Rubys zukünftige Schwiegermutter, Lady. Und zu ihrer Information. Ruby ist mit meinem Sohn unterwegs. Wann sie wiederkommen, weiß ich nicht." Sagte Erika. Das war nicht einmal gelogen, dachte sie still schmunzelnd. „Sie müssen also morgen wiederkommen, Kleines." Setzte sie grob hinzu. Die junge Frau konnte unhöflich sein? Nun, sie auch, entschied Erika. „Meine Cousine, bitte fass mich nicht an, ich schreie sonst, hat einen Mann gefunden? Und wird heiraten? Habe ich richtig gehört? Das kann ich nicht glauben. Ruby ist doch total prüde und naiv. Mit einem gewöhnungsbedürftigen Mundwerk. Damit hat sie noch jeden in die Flucht geschlagen. Ich glaube, da stimmt etwas nicht." Überlegte die junge Frau jetzt kichernd. „Ich werde heute Nachmittag wiederkommen. Und dann sollte Ruby besser Zuhause sein, gute Frau. Sonst rufe ich die Polizei." Fauchte sie dann unvermittelt.

Dann drehte sie sich um und griff ihr Telefon. Schon war Erika vergessen. Kopfschüttelnd sah Erika der jungen Frau hinterher. „So viel zu Adam Vermutung, Ruby sei die letzte Tanner." Murmelte Erika finster. Sie ahnte Ärger auf sich zukommen. Sie musste dringend ihren Sohn benachrichtigen.

6 Kapitel

Ich folgte dem Bürgermeister schweigend. Zu viel ging mir durch den Kopf. Es schwirrten die Gedanken nur so herum. Und immer wieder landeten sie bei dem fremden Mann. Er hatte einen tiefen Eindruck bei mir hinterlassen, dachte ich schmunzelnd. So etwas hatte ich noch nie gefühlt. Nicht, dass ich nicht den einen oder anderen Freund gehabt hätte und schon geknutscht. Doch tiefer gehende Gefühle waren mir bislang fremd gewesen. Das lag wahrscheinlich an meiner „Krankheit", überlegte ich schwer. Großvater hatte immer gesagt, dass mein Traummann mich suchen und finden würde. Das ich vertrauen haben sollte. Doch nach vierundzwanzig Jahren vergeblichen Wartens, war ich davon ausgegangen, dass mein Traummann sich gehörig verspäten würde. Oder in der falschen Richtung suchte. Selbst war die Frau, hatte ich schon gedacht und mir überlegt, auf Ralfs Flirtereien einzugehen. Doch warum schlug mein Herz jetzt plötzlich so unruhig, wenn ich nur an diesen mysteriösen Adam denken musste? „Wer ist dieser Adam, Bürgermeister? Gehört er zu deiner Gemeinde?" fragte ich jetzt und wurde tatsächlich leicht rot. Der Bürgermeister schmunzelte wissend. Er hatte natürlich die ungewöhnliche Anziehungskraft zwischen mir und diesem Adam bemerkt. „Master Adam? Nein, er war unser Hüter. Bevor er den Unfall hatte und unseren Koffer verlor. Das war schlimm." Erklärte er dann lächelnd. „Unfall?" fragte ich besorgt. War der große Mann deshalb etwas gebückt gegangen? So, als bereitete das Gehen ihm Schmerzen? Sofort zog sich mein Herz zusammen. „Ja, es war tragisch. Der Master wurde auf dem Flughafengelände von einem

Wagen angefahren und lag lange im Krankenhaus. Fahrerflucht, so sagte Master Adam. Dadurch wurde sein Gepäck, einschließlich unseres Koffers, nicht abgeholt. Und kam danach zur Versteigerung." Erklärte der Bürgermeister dann ernst. Auch mir war die gute Laune vergangen. Wer hatte es auf Adam Mc Vallun abgesehen, überlegte ich. „Warum nannte mich der Mann Fürstin? Das verstehe ich nicht. Ich bin doch einfach Ruby Tanner." Fragte ich weiter. Wir hatten jetzt eine kleine Bank erreicht und setzten uns. Jetzt räusperte sich der kleine Mann neben mir und schloss kurz seine Augen. „Dein Urgroßvater war der letzte, regierende Fürst unseres Heimatlandes, Ruby Tanner. Er war sehr beliebt und wegen seiner enormen Zauberkraft von unseren Feinden gefürchtet. Wir Trellerbys lebten zufrieden und glücklich auf dem Dachboden des alten Schlosses. Sein Sohn, dein Großvater hatte die Aufgabe, sich um uns zu kümmern. Das tat er gerne und wir freuten uns, wenn der kleine Junge uns besuchte. Doch dann brach das Unheil herein. Mächtige Zauberkraft schwor natürlich auch Eifersucht und Neid herauf.

Die Nichtmagischen Menschen taten sich zusammen, bildeten einen Pulk und überfielen das Schloss. Es kam ganz unvorbereitet und plötzlich. Sie steckten das Schloss in Brand und die Fürstenfamilie wurde gejagt. Deine Vorfahren konnten gerade noch fliehen. Und wir, die Trellerbys, wurden auf dem Dachboden vergessen. Zwanzig Jahre lang, lebten wir vergessen dort oben. Bis uns ein Plünderer fand und die Häuser einsammelte. Er verkaufte sie in alle Richtungen. Wir konnten nichts dagegen tun. Die letzten Häuser, unsere, kaufte ein Museum und stellte uns hinter Glas aus. Später landeten wir vergessen im Keller. Eine schlimme Zeit, wir wären fast verhungert. Glas verhinderte, dass wir uns Nahrung besorgen konnten. Zum Glück fand uns dann Master Adam und befreite uns. Seitdem ging es uns gut. Master Adam war ein guter Hüter. Doch da er uns verloren hat, bist du jetzt unsere Hüterin geworden, Ruby Tanner." Sagte der Bürgermeister nachdenklich. Ich spürte das Geheimnis hinter seinen Worten. „Lass mich raten. Adam hat das Dorf aus dem Museum gestohlen, oder wie sollte er sonst drangekommen sein." Sagte ich schief grinsend. Ich stellte mir vor, wie der gutaussehende Mann nachts in das Museum eingebrochen war und kicherte amüsiert. Ob er dabei auch seinen grünen Anzug getragen hatte? Damit wäre er garantiert aufgefallen, dachte ich schmunzelnd. Dann fiel mir etwas anderes ein. „Ich wusste, mein Urgroßvater und mein Großvater hatten Zauberkräfte. Soll das bedeuten, dass auch ich welche besitze?" fragte ich dann vorsichtig. Das würde einiges in meinem Leben erklären, dachte ich. Damals als ich glaubte, die Einhörner gesehen zu haben. Oder die vielen anderen Fabelwesen, von denen man sonst nur las. So, wie diese kleinen Trolle jetzt. Der Bürgermeister neigte seinen Kopf und überlegte. „Frauen erben normalerweise keine Zauberkraft, Liebes. Das Zaubern ist nur den Männern vorbehalten. Oder Frauen, wenn sie etwas Zauberkraft geschenkt bekommen. Von ihren Männern." Erklärte der Bürgermeister ernst. Da du aber die letzte Erbin deines Großvaters bist, kann es leicht möglich sein. Oder gibt es da noch weitere Verwandte?

Jemand männliches, der die Kraft hätte erben können?" fragte er dann besorgt.

Adam saß diesem Ralf schweigend gegenüber. Der Küchentisch im Haus des Bürgermeisters war zu klein, um sich nicht ansehen zu müssen. Eine Weile sah Adam Lana zu, die den Tisch in der Stube deckte. „Sie sind als der berüchtigte Adam Mc Vallun. Sie haben das magische Museum in Budapest beraubt. Es war in aller Munde. Ich habe sie mir etwas anders vorgestellt. Nicht so jung oder attraktiv." Begann Ralf das Gespräch. „Abgesehen von ihrer Kleidung, denke ich. Sie wissen schon, welches Jahrhundert wir schreiben?" Ralf grinste frech über Adams Anzug. Der Mann hatte also beschlossen, das Gefecht zu eröffnen, dachte Adam amüsiert. „Ja, der bin ich. Und sie sind ein Agent der Zentrale. Sagen sie, war es ihre Idee, mich anzufahren? Wollten sie sich dadurch das Dorf wiederholen?" fragte Adam zurück. Pech gehabt, dachte er schadenfroh. Das Schicksal war ihm auch da wohlgesonnen gewesen. Es hatte Ruby Tanner in sein Leben katapultiert. Ralf schnaubte verärgert. Dieser Adam war sehr selbstbewusst, aber da hatte man ihn ja gewarnt. „Nein, mit ihrem Unfall hatten wir nichts zu tun. Und dass das Dorf versteigert wurde, entging meinen Kollegen anscheinend. Ansonsten hätten sie Ruby nie kennengelernt, Mc Vallun. Ruby ist sehr ehrlich, niedlich und unschuldig. Viel zu schade für einen Mann wie sie." Sagte Ralf grantig. Das ließ Adam schmunzeln. Denn das sagte ihm, dass auch dieser fremde Zauberer diese magische Anziehungskraft zwischen ihm und Ruby bemerkt hatte, dachte er zufrieden. „Sie wurden also auf Ruby angesetzt, Ralf. Sollten sie die Frau für die Zentrale begeistern?" fragte Adam nun neugierig. Er wollte wissen, warum der Zauberer ausgerechnet neben Ruby eingezogen war. Ralf nahm dankend den Kaffeebecher, den Lana ihm reichte. Er lächelte als das Mädchen rot wurde. Das Trollmädchen war recht hübsch, überlegte Ralf grinsend. Doch dann konzentrierte er sich wieder auf den Mann vor sich. „Wir bekamen Berichte, Berichte von ihren „Problemen" mit der Obrigkeit in ihrer Heimat, Mc Vallun. Sie haben sich einmal zu oft, unbeliebt gemacht. Wir wussten, es wäre nur eine Frage der Zeit, bis sie hier auftauchen würden. Immerhin verlor sich hier die Spur des letzten Fürsten Tanner. Und da sie sich geschworen haben, das Geheimnis deren Verschwindens zu lösen, war es klar, dass sie kommen würden. Es geht da ja um eine mächtige Zauberkraft, die darauf wartet, wieder erweckt zu werden, oder?" fragte Ralf breit grinsend. „Die wollen weder sie noch wir uns entgehen lassen, Adam. Und was das Dorf hier angeht. Mrs. Bürgermeister wird enttäusch sein, wenn ich ohne die fehlenden Häuser in die Zentrale zurückkehre." Sagte Ralf dann heiser lachend.

Lana fielen die Teller aus den Händen. Erschrocken starrte sie Ralf an. „Du weißt, wo sich meine Mutter aufhält?" fragte sie dann tonlos. Doch Adam schüttelte seinen Kopf. „Das ist nur ein Trick, Lana. Der Kerl will dich verunsichern." Sagte er streng. „Ach, ist das so? Ist es ein Trick? Das wird Mirabell aber anders sehen. Ich werde die kleine Trolldame von dir grüßen, Lana. Es wird sie freuen, dass es dir gut geht." Sagte Ralf dann grinsend. Lana hob ihre Hand und schlug dem Mann ins Gesicht. Dann lief sie weinend aus dem Haus.

„Das habe ich wohl verdient, denke ich. Dabei waren meine Worte ganz anders gemeint. Ich wollte Lana nur mitteilen, dass es ihrer Mutter gutgeht." Sagte Ralf nach einem Augenblick der Ruhe. Adam seufzte. „Oh Mann, daran müssen sie aber arbeiten. Ich war auch drauf und dran, ihnen eine reinzuhauen." Sagte er dann und reichte dem Mann gegenüber die Hand. Nachdenklich schlug Ralf ein. „Ich sollte mich vielleicht bei Lana entschuldigen und meine Worte richtigstellen." Sagte er und erhob sich. Schmunzelnd sah Adam dem Mann hinterher. Er wusste, Ralf hatte die Worte gesagt, weil er wusste, damit Adams Neugierde geweckt zu haben. Adam würde sich auf die Suche nach den fehlenden Häusern machen. Es wäre nicht das erste mal, dass Adam sich bei der Obrigkeit „beliebt" machte.

Sein Telefon riss Adam aus seinen Gedanken. Wer würde ihn ausgerechnet jetzt anrufen? Er erschrak, als er den Namen seiner Mutter aufleuchten sah. Es musste etwas Gravierendes passiert sein, wenn sie ihn hier störte. Seine Mutter wusste doch, wie wichtig diese Mission hier für Adam war. Zähneknirschend nahm er das Telefon in die Hand. „Was gibt es, Mutter? Ich hoffe, es ist wichtig." Sagte er zur Begrüßung. Erika Mc Vallun seufzte leise. Sie kannte diesen unbeherrschten Ton ihres Sohnes zur Genüge. Er hatte also eine Abfuhr von dieser Ruby erhalten. Sein berühmter Charme schien nicht geholfen zu haben. „Du musst diese Ruby einfangen und wieder in unsere Welt kommen. Es ist wichtig. Es ist eine weitere Tanner aufgetaucht. Eine sehr unhöfliche, junge Frau. Aber eindeutig eine Tanner. Man, war die arrogant. Und sie war auf der Suche nach Ruby. Sie sagte, Ruby sei ihre Cousine. Es kann sein, das die Zauberkraft des alten Fürsten nicht bei Ruby ist. Sondern bei der anderen Frau, Adam. Das müssen wir rausfinden." Erklärte sie dann hastig. Sie wollte sich von ihrem schlechtgelaunten Sohn nicht unterbrechen lassen. Schon hörte sie ihren Sohn laut fluchen. Sie wusste, diese Wendung der

Geschichte gefiel ihrem Sohn überhaupt nicht. Ihr war Adams Interesse an der jungen Ruby natürlich nicht verborgen geblieben. Und auch ihr war Ruby tausend Mal lieber als die andere Frau heute Morgen.

„Es muss Ruby sein, Mama. Sie hat eindeutig Zauber in sich, das spüre ich. Und sie kann die Trolle verstehen, ein Erbe ihres Großvaters." Sagte Adam finster grollend. „Ich weiß es nicht. Ich habe auch etwas Zauberkraft. Dein Vater schenkte sie mir zur Hochzeit. Das hat also nichts zu bedeuten. Aber diese Cousine will gleich wiederkommen und Ruby sehen. Sie drohte mir mit der Polizei, sollte sie dann Ruby nicht antreffen. Ihr müsst dringend Herkommen. Ich befürchte schlimmes." Sagte Erika besorgt. Diese Cousine machte ihr etwas Angst, dachte sie. Nicht auszudenken, wenn diese unangenehme Frau die mächtige Zauberkraft ihrer Familie geerbt hatte. Das hätte schlimme Auswirkungen, dachte sie bitter schluckend. Adam raufte sich leicht verzweifelt die Haare. Er hätte mehr Zeit hier im Dorf gebraucht, dachte er still. „Ist gut, Mutter.

Ich werde Ruby suchen und dann wieder wachsen. Das Letzte, was wir brauchen können, ist die Polizei. Nicht umsonst sind wir ausgewandert." Sagte er dann grimmig. Er atmete auf, als die Tür aufging und der Bürgermeister mit Ruby erschien. Das ersparte ihm das Suchen, dachte er zufrieden.

„Gut, dass du kommst, Ruby Tanner. Wir müssen zurück. Es hat sich allen Anschein nach, Besuch bei dir angemeldet. Eine Cousine, wenn ich meine Mutter richtig verstanden habe. Sie drohte mit der Polizei als sie auf meine Mutter traf." Sagte Adam und bemühte sich um einen ruhigen Tonfall.

„Regina ist wieder im Land? Und deine Mutter hat sie aufgehalten? Was für ein Glück. Das letzte Mal, als ich nicht im Haus war, hat sie alles durchwühlt. Das Haus hasst sie seitdem, schätze ich. Es weigert sich, Regina reinzulassen, wenn ich nicht da bin." Erklärte ich dem großen Mann schnell. Ich reichte diesem Adam meine Hand. Es kribbelte merkwürdig erregend. „Und, Master

Adam? Wie werden wir wieder Riesen?" fragte ich verärgert. Adam lachte leise und schnippte mit seinen Fingern. Der Mann machte mich eindeutig nervös, dachte ich verwundert. So etwas war mir zuvor nie passiert. Und ich hatte durch meinen Beruf bereits einige merkwürdige Männer kennengelernt, überlegte ich.

7 Kapitel

Leicht benommen löste ich mich aus Adam Mc Valluns Umarmung und sah verwirrt auf das kleine Dorf zu meinen Füßen. Nicht glaubend, dass ich dort bis eben zu „Besuch" gewesen war. Mit einem Fingerschnippen hatte uns der Mann wieder groß gezaubert, dachte ich. Der Bürgermeister hob jetzt seine Hand und winkte uns zu. Er überzeugte sich wohl, ob es mir gut ging, überlegte ich dankbar und winkte zurück.

„Kommt in die Küche, Kinder! Ich habe Kaffee fertig!" rief jetzt eine nette Frauenstimme. Ich erkannte die Frau aus dem Auktionshaus gestern. War wirklich erst ein Tag vergangen? War es wirklich erst gestern gewesen, als ich den alten Koffer ersteigert hatte? Mir kam es viel länger vor. Adam reichte mir jetzt seine Hand und wollte mich in die Küche ziehen. Doch ich ignorierte es und ging, die Hände tief in den Taschen vergraben. Leise fluchend, dachte ich an Regina. „Was will sie den jetzt wieder?" murmelte ich grimmig. Schmunzelnd folgte mir der große Mann. Erst jetzt sah ich, wie groß er eigentlich war. So um die zwei Meter, schätzte ich still. Plötzlich kam ich mir mit meinem hundertfünfundsechzig Zentimetern klein vor. Schweigend folgte ich dem Rufen und freute mich auf frischen Kaffee. Das rettete mir hoffentlich den Tag. „Ich dachte eigentlich, dass du die letzte Tanner bist, Ruby." Sagte Adam jetzt und legte seine Hand auf meine Schulter. Ich spürte seine Wärme, die mich schnell durchdrang und nervös machte. „Ist eine lange Geschichte, Mister Mc Vallun. Oder soll ich Adam sagen? Das wäre wohl angebracht, denke ich." Sagte ich unwirsch. Meine Gefühle waren eh schon durcheinander, da machte es seine Nähe nicht einfacher, dachte ich. „Meine Vorfahren waren also Zauberer. Und ich entstamme einem alten Fürstengeschlecht? Bist du dir sicher, die richtige Tanner zu haben? Der Name ist nicht selten, musst du wissen." Sagte ich nachdenklich. Adam lachte leise und hielt mich auf. Bevor ich die Küchentür öffnen konnte. „Ich bin mir sehr sicher. Allein die Tatsache, dass man einen Zauberer auf dich angesetzt hat, zeigt mir die Wahrheit. Und dein Haus, es ist verzaubert und hat einen eigenen Willen, wie du gut weißt. Dein Urgroßvater war ein mächtiger Zauberer und hat mit dem Haus hier etwas wundervolles geschaffen. Einen Ort, der seine Familie über Generationen beschützt. Hier wird niemand freiwillig einbrechen." Sagte Adam sanft und beugte seinen Kopf. Dann legte er seine Lippen vorsichtig auf meinen Mund. Er küsste mich liebevoll. Fasziniert ließ ich zu. Ich war lange nicht mehr geküsst worden, ging mir durch den Kopf. Meine Hände legten sich langsam auf Adams Schultern und ich erwiderte den harmlosen Kuss.

„Nein, wie niedlich. Meine prüde Cousine in den Armen eines lebendigen Mannes. Das ich das noch erleben darf." Hörte ich hinter mir die schneidende Stimme meiner Cousine Regina sagen. Erschrocken löste ich mich von Adam und drehte mich in seinen Armen herum. Hinter mir stand Regina und verzog angewidert das Gesicht. „Wie bist du denn reingekommen?" Fragte ich kurzatmig und drückte mich sanft an Adam. Plötzlich war ich froh, dass der Mann hier war. Meine Cousine war schon immer herrisch gewesen. Bitter erinnerte ich mich an unsere Kindheit. Doch in den letzten Wochen war es schlimm mit ihr geworden. Regina entwickelte ein gewisses Maß an Aggressivität, dachte ich traurig. Mein Ton war schon grob, doch Regina übertraf mich noch. „Die Alte in der Küche hat mich reingelassen. Auch, wenn ich schwören könnte, das Haus wollte es wieder verhindern." Erklärte Regina jetzt und setzte ihr charmantes Lächeln auf. Flirtend reichte sie Adam ihre perfekt manikürte Hand. Doch Adam ignorierte es. „Die alte Dame in der Küche ist meine Mutter. Und ich schätze solche Aussagen überhaupt nicht, Lady." Sagte er ungehalten. Doch seine harschen Worte verfehlten ihre Wirkung bei meiner Cousine. Man konnte Regina damit nicht schocken, das wusste ich. Wieder lächelte sie umwerfend. „Das ist also ihre Mutter. Dann sollte sie sich vielleicht etwas moderner anziehen. Mit der Schürze sieht sie aus, wie eine Haushaltshilfe. Ich dachte schon, bei dir sei der Wohlstand ausgebrochen, Ruby. Vielleicht hast du das Schmuckstück bereits anderswo verkauft." Sagte sie lächelnd und zog schnell an meinem Hals. Das alte Amulett mit dem Familienwappen schoss hervor und Regina riss heftig daran. Doch die feine Goldkette hielt stand und ich schrie schmerzerfüllt auf. Sofort schoss Adams Hand vor und umfasste schmerzhaft Reginas Handgelenk. Er drückte zu und sie war gezwungen, mich freizugeben. „Was sollte das denn werden!" schnauzte er Regina an.

„Das hast du neulich also gesucht, als du hier eingebrochen bist. Jetzt verstehe ich. Hast du nichts anderes gefunden, was du stehlen kannst? Wie sonst immer?" fauchte ich meine Cousine wütend an. Schnell steckte ich das Amulett wieder unter meine Bluse. In Sicherheit vor Regina. „Was willst du diesmal hier, Regina?" fragte ich sie geradeaus. Nur so konnte man mit der Frau reden, dachte ich finster. Meine Cousine verdrehte ihre Augen und schielte erneut zu meinen Hals. So als überlegte sie, wie es an das alte Amulett gelangen konnte. Ich war mir sicher, wären wir allein, würde sie es mit Gewalt versuchen. Doch Adams Gegenwart beschwichtigte ihre Aggressivität. „Ich bin von meinem letzten Auftrag zurück und dachte, ich könne hier einige Tage wohnen. So, wie früher. Als deine Großeltern noch lebten." Sagte sie dann milde. Mit dem letzten Satz wollte sie mich mürbe machen, das spürte ich. Unsicher biss ich mir auf die Unterlippe. „Bist du wieder pleite und weißt nicht wohin, Regina?" fragte ich bitter schluckend. Adam knurrte ungehalten. Ich spürte, wie sich der Mann versteifte. „Da bereits meine Mutter und ich hier wohnen, wird das nicht möglich sein, Morganerin. Für dich ist kein Platz mehr in diesem Haus." Sagte er dann dunkel. Beschützend legte er seine Hände auf meine Schultern. „Morganerin?" fragte ich verwirrt. Doch keiner der beiden sagte etwas. Das alte Haus klappte zustimmend mit seinen Fensterläden und ließ seine Türen knallen.

„Ein altmodischer Merliner. Deshalb dieser merkwürdige Anzug." Regina strich über Adams Schulter und lachte dunkel. „Ich hätte mir denken können, dass du irgendwann auftauchen würdest. Dann ist die Suche jetzt also offiziell eröffnet. Deswegen machst du dich an meine unscheinbare, verrückte Cousine ran. Du hältst dich für den auserwählten Erben. Ich hatte schon gedacht, du leidest unter Geschmacksverirrung." Sagte Regina dann gehässig und lachte wieder leise. „Na, dann brauche ich ja keine Rolle mehr spielen. Du wirst die naive Ruby bestimmt liebend gern aufklären. Und das nicht nur sexuell, denke ich." Setzte sie hinzu und griff ihre Handtasche. „Du musst mich nicht rauswerfen, alter Klapperkasten! Ich gehe freiwillig! Mit einem Merliner lege ich mich nicht an." Rief Regina und ging eilig aus der offenstehenden Haustür. Hinter ihr schwang die schwere Tür wieder zu. Fast war ich versucht, darüber zu lachen. Doch dazu war es zu ernst. „Wir müssen reden, Adam Mc Vallun." Sagte ich streng.

„Du fängst an. Ich muss wissen, wer diese Regina ist. Und wie gefährlich sie uns werden kann." Bestimmte dieser Adam finster. Reginas Auftauchen schien seine Pläne mächtig durcheinander gebracht zu haben, überlegte ich still. „Wieso gefährlich, Adam. Bislang fand ich Regina eigentlich nur nervig. Sie kam immer, wenn sie pleite war. Dann klaute sie verschiedene Dinge aus dem Haus. Das war nicht weiter schlimm. Denn spätestens zwei Tage später waren diese Dinge wieder hier an ihrem Platz. Dafür sorgt mein Haus." Erklärte ich grantig und trank geräuschvoll den wirklich guten Kaffee, den Erika, Adams Mutter, gekocht hatte. Nachdem sie sich noch einmal für den fast Kofferraub vom Vortag, entschuldigt hatte. „Das will ich nicht wissen, Ruby. Wie gehört diese Frau in deine Familie!" sagte Adam jetzt leicht genervt. „Sie ist gefährlich, Ruby, sehr gefährlich." Sagte er etwas ruhiger. „Das musst du verstehen. Wenn sie Tanner Blut in den Adern hatte, könnte sie die enorme Zauberkraft des alten Fürsten für sich beanspruchen" überlegte er besorgt.

Das verstand ich und zügelte meinen Ton etwas. „Mein Großvater war bereits vierzehn Jahre alt, als seine Mutter erneut schwanger wurde. Mein Onkel Heinrich wurde hier geboren, nicht in der alten Heimat, das betonte Großvater immer wieder. Keine Ahnung, warum ihm das so wichtig erschien. Von Anfang an gab es keine zwei unterschiedlicheren Brüder, erzählte Großmutter gerne. Mein Großvater war nett, ehrlich, hilfsbereit und Onkel Heinrich das ganze Gegenteil. Keine schmutzige Sache, in der mein Onkel seine Finger nicht hatte. Er war Geisel dieser Familie, so sagte Großvater einmal. Regina ist seine Tochter. Onkel Heinrich starb kurz vor meinem Großvater, unter mysteriösen Umständen, die nie richtig geklärt wurden." Erklärte ich endlich und trank meinen lauwarmen Kaffee. „Das war doch nicht die ganze Geschichte, oder?" fragte Adam und legte zwei Finger unter meinem Kopf. Er merkte, dass ich etwas verschwieg, dachte ich und seufzte. „Ich war sieben, Adam. Sieben Jahre alt. Meine Eltern waren eine Woche zuvor gestorben und ich wohnte bei meinen Großeltern. Onkel Heinrich kam zu Besuch und Streit entbrannte zwischen den Brüdern. Mein Onkel verlangte, dass ich bei ihm und seiner Frau leben sollte, das sie wesentlich jünger seien. Doch Großvater lehnte es ab. Er schrie, dass ich dort nicht sicher sei. Und dass mein Onkel seine Finger im Spiel hatte, als meine Eltern starben. Mein Onkel leugnete es natürlich und schrie zurück, dass Großvater sich irgendwann von seiner Zauberkraft lösen müsse, er wäre doch bereits zu alt dafür. Und dass er jetzt, nach dem Tod meiner Eltern, der einzige Erbe sei." Erinnerte ich mich und wischte eine Träne von meiner Wange. "Abends belauschte ich meine Großeltern. Ich sollte eigentlich schlafen, doch dazu war ich zu traurig. Großvater berichtete von seinem Streit und wiederholte seinen Verdacht, dass Onkel Heinrich meine Eltern umbrachte. Großvater sagte, dass dies gesühnt werden müsse. Und Großvater müsste verhindern, dass die uralte Zauberkraft in falsche Hände gelangt. Oder jemand hinter das Geheimnis kommt. Keine Ahnung, was Großvater damit meinte. Großmutter weinte fürchterlich damals. Zwei Tage später war Onkel Heinrich tot."

Erzählte ich zum ersten Mal von diesem Ereignis. Wieder schüttelte ich mich, als ich daran zurückdachte. Warum kamen diese dunklen Erinnerungen plötzlich zurück? Es war, als erwachte ich aus einem tiefen Schlaf, dachte ich still. All die Jahre nach Großvaters Tod, war ich der Meinung gewesen, eine ganz normale Frau zu sein, überlegte ich. Doch, seit diese Trolle in mein Leben getreten waren, kamen diese Erinnerungen wieder. „Jetzt darf ich fragen. Was sind die Morganer oder Merliner?" fragte ich direkt. Adam schloss kurz seine Augen, so als müsste er sich sammeln. „Die Namen rühren aus der Arthus-Geschichte her, Ruby. Sie stehen für zwei verfeindete Zauberer Gruppen. Es geht um Macht und Reichtum. Regina steht für die eine Seite. Mutter und ich für die andere. Die Morganer sind der Meinung, sich alles zu nehmen, was sie wünschen, zur Not auch mit Gewalt. Die Merliner verfolgen eine friedvolle Linie." Erklärte Adam mir geduldig. Glaubte er, ich sei so naiv, wie er es sich wünschte? Dann täuschte er sich. Lächelnd hob ich meine Hand und die Kerzen auf dem großen Tisch entflammten. „Danke, liebes Haus" sagte ich zufrieden. Adams Gesichtsausdruck war einmalig. „Und beide Seiten, die Morganer und die Merliner, sind hinter Großvaters Zauberkraft her." Sagte ich trocken. Die einen mit Gewalt, die anderen mit Trick und Betrug. Oder wie soll ich dein und Ralfs Auftauche interpretieren?"

8 Kapitel

Ich hatte das Gespräch beendet und war in mein Büro verschwunden. Ich hatte immerhin noch einen Job. Und die Verlage verließen sich auf mich. Adam hatte mich zurückhalten wollen, doch ich war nach meiner Ansage gegangen. Was sollten weitere Worte bringen, dachte ich wütend. War meine Laune seit Adams Erscheinen enorm gestiegen, so war dieses Gefühl verflogen. Dieser Adam war ebenso wie Regina hinter Großvater gewaltige Zauberkraft her. Wie hatte ich denn auch nur fünf Minuten lang denken könne, diese Anziehungskraft wäre echt gewesen. Dieser

Mann würde alles versuchen, um an diese Macht zu kommen, dachte ich grimmig. Jetzt war Adam unterwegs, seine Koffer zu holen. Er und seine Mutter würden eine Zeit hier bei mir wohnen. Auch, wenn es mir widerstrebte, ich brauchte Schutz. Das war mir nach Reginas Auftritt heute klar geworden. Ich konnte mich nicht länger dumm stellen, nur, um meine Ruhe zu haben, überlegte ich schrieb das Kreuzworträtselprogramm. Zum Glück hatte ich da Routine. Das ermöglichte mir, meine Gedanken schleifen zu lassen.

„Du hast also auch Zauberkraft, Mädchen. Du überraschst mich. Damit hat niemand gerechnet. Und Adam am wenigsten. Er dachte, du hast keine Ahnung, was hier abgeht." Sagte der kleine Bürgermeister und setzte sich auf den Notizblock vor mir. Schmunzelnd schob ich die Kaffeetasse beiseite, damit ich den Mann sehen konnte. „Meine Devise, Bürgermeister. Sei schlau, stell dich dumm. Das bedeutet aber nicht, dass man mich unterschätzen darf. Langsam kommen die Erinnerungen wieder. Keine Ahnung, warum ich *das alles vergessen konnte." Erklärte ich ehrlich. Hatte mein Großvater vor seinem Tod dafür gesorgt? Ich wusste es nicht. „Hat Adam dich gesandt, damit du mir auf den Zahn fühlst? Will der Mann so einen Streit verhindern? Oder hat er Angst, ich würde mich den Morganern anschließen? Dann kann er beruhigt sein. Ich werde weder einen noch der anderen Gruppe helfen. Großvater vertraute mir seine Zauberkraft nicht umsonst an, denke ich. Und er schenkte mir ein wenig davon, damit ich mich schützen kann." Sagte ich seufzend. Der Bürgermeister schüttelte seinen Kopf und sah mich dann durchdringend an. „Master Adam ist ein guter Mann, Ruby. Er hat nur gute, edle Absichten. Weißt du, warum er herkam?" Fragte mich der Bürgermeister nachdenklich. Ich schüttelte den Kopf. „Weil Adam sich strafbar gemacht hat, als er uns aus dem Museum befreite. Und man war ihm auf den Fersen. Mächtiger Merliner hin oder her, man hätte ihn eingesperrt. Deswegen brach er seine Zelte in der alten Heimat ab. Nur, um uns Trellerbys zu helfen. Selbst jetzt ist er unterwegs zur Zauberzentrale. Er versucht, dort Zutritt zu* bekommen. Er will überprüfen, ob dieser Ralf die Wahrheit gesagt hat. Ob sich wirklich weitere Häuser dort befinden. Adam hat mir versprochen, das Dorf wieder vollständig sein wird. Der Mann hält seine Versprechen, Ruby." Sagte der Bürgermeister jetzt schmunzelnd.

„Und mich nennt der Typ dumm oder naiv! Wie will er denn in die Zentrale kommen! Die ist bestens bewacht! Man muss eingeladen werden, um dort Eintritt zu erhalten. Oder man landet in der Zelle." schimpfte ich los und murmelte eine Formel. Das Kreuzworträtsel auf dem Rechner schrieb sich jetzt von allein. Ich bemerkte es nicht einmal. Meine Gedanken waren bei dem Mann in dem unmöglichen Anzug. „Komm, ich brauche deine Hilfe." Sagte ich zum Bürgermeister und hob ihn auf. Lächelnd steckte ich den kleinen Mann in meine Blusentasche. „Du weißt, wo sich die Zentrale befindet? Ich staune immer mehr über dich, Ruby." Sagte der Bürgermeister grinsend. Ich nickte schnell. „Ja, sie haben mich mehrmals eingeladen, doch bis heute wusste ich

nicht, warum. Deswegen habe ich es ignoriert."
Erklärte ich leicht genervt.

Adam saß ungeduldig auf der einsamen Bank, hier im nirgendwo. Wer es nicht besser wusste, würde hier nur eine alte, ungepflegte Weide sehen. Doch er wusste es besser. Adam saß hier vor dem Eingang der Zauber-Zentrale und wartete auf Ruby. Denn, wenn er die junge Frau richtig eingeschätzt hatte, würde sie hier jeden Augenblick auftauchen. Spätestens, wenn der Bürgermeister alles ausgerichtet hatte, was Adam ihm aufgetragen hatte. Die junge Frau überraschte Adam immer wieder aufs Neue. Ruby war bei weitem nicht so unwissend und naiv, wie sie sich gab, überlegte Adam wieder und grinste schief. Auch, wenn sie diese Rolle perfekt spielte, überlegte er weiter. Er hatte ja jetzt Zeit, denn ohne Rubys Hilfe bekam er keinen Zutritt zur Zentrale. Die Frau war wichtig, um seinen Plan umzusetzen. Adam war gespannt, wie Ruby darauf reagieren würde. Er grinste breit als er die junge Frau auf ihrem Fahrrad auf sich zukommen sah. Sie fuhr Fahrrad? Hatte sie kein Auto? Das war ja niedlich, dachte Adam lächelnd und erhob sich. „Endlich, ich fragte mich schon, ob du dich verfahren hast. Ich wusste ja nicht, ob du weißt, wo die Zentrale ist." Sagte er zufrieden und hielt das Fahrrad als Ruby kurzatmig abstieg. Ihr finsterer Blick sagte viel über die Laune der Frau aus.

Mein Herz schlug wieder unregelmäßig, und dass nicht nur, weil ich so schnell geradelt war. Adams dunkle Stimme, mit dem leichten Akzent, machte mich wieder nervös. Ich atmete tief durch, um mich zu beruhigen. Ich setzte mich auf die kleine Bank und sah den großen Mann wütend an. Er hatte sich umgezogen und trug jetzt einen grauen Nadelstreifen Anzug. Keine Verbesserung, dachte ich schmunzelnd. „Wenn ich den Bürgermeister richtig verstanden habe, hast du dir nicht gerade Freunde in ihrer alten Heimat gemacht, Adam. Hast du dort nicht das Gesetz gebrochen, um die Trellerbys zu befreien? Und jetzt willst du so einfach in die Zentrale marschieren?" fragte ich *unwirsch. Adam lachte amüsiert über meinen bösen Gesichtsausdruck. Er hob seine Hand und strich mir die Sorgenfalten weg. Mein aggressiver Ton imponierte ihn nicht. Sein Lachen klang dunkel und rauchig, dachte ich wieder. Wie kam ich plötzlich auf solche dämliche Ideen, überlegte ich schwer schluckend. Ich war do sonst nicht so romantisch verplant. Immerhin war ich bereits vierundzwanzig Jahre alt und hatte die eine oder andere Erfahrung sammeln können. Ich war doch kein frischverliebter Backfisch. Ich erinnerte mich an meinen letzten Freund und verzog mein Gesicht. Es hatte nicht gut geendet, erinnerte ich mich. Regina hatte ihn mir ausgespannt. Nur um mich zu ärgern. Nun, es war kein großer Verlust gewesen. Es war nur schön gewesen, nicht mehr allein zu sein, dachte ich leicht deprimiert. „Und? Wie hast du dir vorgestellt, in die Zentrale zu kommen, Adam?" fragte ich neugierig. Ich seufzte leise als sich jetzt zwei wichtig aussehende Männer näherten. Ich wusste, dass waren die Torwächter. Sie würden uns kontrollieren und wir brauchten einen guten Grund, wenn wir an ihnen vorbeikommen wollten. „Du solltest mich endlich* duzen. Und dass nicht wieder vergessen, Ruby Tanner." Sagte Adam jetzt sehr ernst und nahm meine Hand. Zitternd ließ ich Adam gewähren. Denn ich hatte furchtbare Angst vor diesen Wächtern. Das war schon als Kind gewesen, als Großvater mich mit hergenommen hatte. Damals, nach dem Tod meiner Eltern, musste Großvater hier die Pflegeverhältnisse für mich klären, erinnerte ich mich schwer schluckend. Das war damals eine schwere Zeit gewesen, da mein Onkel unbedingt das Sorgerecht haben wollte, dachte ich zitternd. „Du zitterst ja wie Espenlaub, Ruby. Fühlst du dich nicht wohl?" fragte Adam leise und strich mir das Haar aus dem Gesicht. „Später," flüsterte ich nur und wappnete mich für die zwei Wächter.

Beide Männer blieben vor uns stehen und sahen besonders mich, streng an. Dann endlich, nach gefühlten fünf Minuten, räusperte sich einer der Männer und hob seine Hand. „Ich erinnere mich an dich, Mädchen. Du bist Ruby Tanner, die letzte Fürstin des Geschlechts derer von Tanner. Und die Hüterin der großen Zauberkraft des letzten, männlichen Tanners." Sagte der Mann dann streng. Verschüchtert senkte ich den Kopf, dann nickte ich nur. Wo war mein sonst so ausgeprägtes Selbstbewusstsein geblieben, dachte ich still. Beruhigend drückte Adam meine Hand und räusperte sich ebenfalls hart. Das lenkte die Aufmerksamkeit der Wächter auf ihn. „Und wer sind sie, Zauberer? Was suchen sie hier an der Zentrale. Hier hat nur Zugang, wer eine Einladung erhält." Sagte der andere Wächter jetzt dunkel knurrend. Das hate ich nicht gewusst, dachte ich und kämpfte mit den Tränen. Denn mir tat der kleine Bürgermeister in meiner Blusentasche leid. Er war so aufgeregt, vielleicht seine Frau wiederzufinden, dachte ich besorgt. Adam beugte seinen Kopf und deutete eine Verbeugung an. Ich tat es ihm gleich, in der Hoffnung, Eindruck zu schinden. „Mein Name ist Adam Mc Vallun. Ich bin anerkannter Historiker und habe mich eingehend mit der Familiengeschichte der Fürstenfamilie Tanner befasst. Ich bin hier, weil ich die Zauberkraft des letzten Fürsten Tanner für mich beanspruche! Ich bin der einzig wahre Erbe." Erklärte Adam dann laut und fordernd. Mir stockte der Atem. Das also plante der Mann, überlegte ich. Plötzlich wurde mir klar, was mich zu Adam hinzog. Großvaters Zauberkraft hatte sich einen neuen Besitzer gesucht. Das war das Geheimnis, dachte ich finster. „Und ich werde Ruby Tanner heiraten. So ist es seit Anbeginn der Aufzeichnungen, bestimmt worden. Deswegen sind wir beide heute hier. Um unsere Hochzeit amtlich zu machen." Sagte Adam weiter als ich wie geschlagen zu seinen Worten schwieg.

„Ich soll dich heiraten? Spinnst du? Dir fehlen wohl fünf Murmeln im Beutel! Davon war nie die Rede! Ich kenne dich doch überhaupt nicht." Fauchte ich wütend als sich die Torwächter abwandten und telefonierten. „Ich heirate doch keinen dahergelaufenen Zauberer in unmodischen Anzügen." Ich spürte, wie der kleine Bürgermeister in meiner Tasche lachte. Wenigstens er hatte seinen Spaß, dachte ich grantig. Adam schwieg als sich die beiden Männer wieder an uns wandten. „Folgen sie uns. Der Kongress wird sie erwarten." Sagte einer der

Männer. Adam grinste zufrieden und zerrte mich hinter sich her. Meine Beleidigungen interessierten ihn nicht, er hatte seinen Willen bekommen.

9 Kapitel

„Warum kann ich mich des Gefühls nicht wehren, dass ich von euch beiden gerade fürchterlich verarscht und übers Ohr gehauen werde?" Flüsterte ich dem Bürgermeister zu. Wütend, dass ich nicht gegen das böse Spiel wehrte. Warum machte ich bei dieser Betrügerei eigentlich mit? Hatte ich nicht all die Jahre versucht, diesen Ort zu meiden und ein halbwegs „normales" Leben zu führen? Ohne Magie oder merkwürdige Sachen? Ich erinnerte mich an meine Kindheit. Damals hatte ich nie Freunde. Waren einmal Kinder zu uns gekommen, waren sie schnell wieder verschwunden, weil es bei uns Spukte, wie sie immer sagten. So etwas machte einsam, dachte ich verärgert. Nein, ich hatte mit der Zauberei nichts am Hut, dachte ich finster. Ich hatte mir nach dem Tod meiner geliebten Großeltern, ein sehr normales Leben geschaffen, gut so. Doch dann musste ich ja unbedingt diesen alten Koffer ersteigern. Der Bürgermeister schwieg zu meinem Vorwurf. Ich hatte auch nichts anderes erwartet. Denn der Mann konzentrierte sich jetzt auf die Zentrale. Ich würde ihn absetzen und er musste suchen. Während Adam und ich die anderen Zauberer hoffentlich ablenken konnten.

Die Torwächter übergaben uns einer jungen, gutaussehenden Frau. Sofort spürte ich deren Interesse an Adam. Kein Wunder, der Mann sah in seinem Anzug verboten gut aus. Er wirkte wie eine James Bond Imitation. Adam hatte seinen grauen Anzug mit einem Zauberspruch gegen einen schwarzen Anzug gewechselt. Das sah sehr vornehm aus. Warum fiel mir das erst jetzt auf, dachte ich überrascht. Hätte ich mich vielleicht auch umziehen sollen, fragte ich mich jetzt leicht verlegen. Doch ich war so in Eile gewesen, dass daran nicht gedacht hatte. Jetzt wirkte ich fast unscheinbar neben dem gutaussehenden Adam, überlegte ich wütend und starrte die junge Frau verärgert an. Denn sie flirtete eindeutig mit Adam. „Wenn sie mir folgen würden, Zauberer Mc Vallun?" sagte ich überfreundlich. „Und sie, Miss Tanner?" sagte sie dann eher gelangweilt. Das heißt Fürstin, Lady. Fürstin Ruby Tanner." Warf Adam dunkel ein und zauberte ein Lächeln auf meine Lippen. Die Frau hob endlich ihren Blick und sah mich an. Dann räusperte sie sich leise. „Weder ihr Großvater, noch Miss Tanner haben diesen Titel je eingefordert. Er wurde deswegen hier nie vermerkt, Zauberer Mc Vallun. Außerdem weißt Miss Tanner keinerlei Zauberkraft auf. Und das ist, wie sie als Historiker wissen sollten, Voraussetzung für diesen Titel. Eine Fürstin Tanner muss zaubern können." Erklärte die Frau jetzt streng. Doch ihr selbstgefälliges Lächeln zeigte ihre Freude darüber. Sie legte ihre perfekt manikürte and auf Adams Arm. „Sie sollten sich überlegen, eine Nichtmagische Frau zu heiraten, Adam. Was wird das mit ihren Kindern machen? Überlegen sie. Miss Tanners Mutter hat sich mit einen einfachen nichtmagischen Mann eingelassen und bekam ein Kind ohne Zauberkräfte." Erklärte sie dann gelassen. So, als sei ich nicht anwesend. „Das verstehe ich nicht. Du kannst doch zaubern." Flüsterte Adam mir zu. Ich war rot angelaufen und schwieg dazu. Ich kniete mich hin und tat, als würde ich mir meinen Schuh neu binden. Doch ich setzte den kleinen Bürgermeister ab und sah zu, wie der Mann schnell unter einer Vitrine Schutz suchte. Dann erhob ich mich wieder und sah die impertinente Frau lächelnd an. Ich griff wieder Adams Hand und drückte sie fest. „Wenn sie das wirklich glauben, Lady. Warum haben sie mir dann diesen Ralf auf den Hals gehetzt? In der Hoffnung, er könnte mich verführen?" fragte ich dann direkt, mit drohenden Unterton.

„Ich übernehme ab hier, Gundula. Es ist gut." Sagte eine dunkle Männerstimme hinter mir. Ich sah die junge Frau zusammenschrecken. Mit hochrotem Gesicht wandte sie sich mit einem letzten Blick auf Adam, ab. „Sie müssen meine Tochter entschuldigen. Doch es gibt nur noch wenige, junge, attraktive Männer mit einer

Zauberkraft wie ihrer, Mister Adam. Und da wir aus einer uralten Zauberer Familie stammen, ist Gundula verpflichtet, sich solch einen Mann zu suchen." Sagte der Mann halbwegs freundlich. Adam neben mir knurrte ungehalten. „Ich verstehe, damit die Zauberkraft in der Familie erhalten bleibt." Sagte er dann grimmig. „Ich verstehe gut, Minister Geritt." Adam grollte leise.

„Das ist doch auch der Grund, warum sie Miss Tanner heiraten möchten, oder? Liebe kann es nicht sein. Laut unseren Informationen kennen sie sich erst zwei Tage. Es dreht sich allein um die gewaltige Zauberkraft der Familie Tanner, die irgendwo sicher versteckt, ruht." Sagte der Minister und öffnete eine große Doppeltür. Jetzt konnte ich acht alte Zauberer sehen, die geduldig an ihren Tischen saßen. „Haben sie auch deswegen Ralf auf Ruby angesetzt? Damit meine Verlobte sich vielleicht in den Mann verliebt und er ihr die Zauberkraft entlockt?" fragte Adam jetzt grantig und zog mich beschützend an sich. Jetzt wurde der Minister rot und räusperte sich verlegen. „Nun ja. Miss Tanner reagierte auf keine *unserer Einladungen. Und ihre Cousine Regina Tanner, stellt Ansprüche auf die Zauberkräfte. Teilweise berechtigte Ansprüche. Denn sie ist die Tochter des Bruders. Und sie kennen das Gesetz, Zauberer Mc Vallun. Welche der Damen auch immer eher verheiratet ist, hat das Recht, die in der Familie gehörenden Kräfte, an ihren Mann weiter zu geben. Und Miss Regina ist bekennende Morganerin, wie sie vielleicht erfahren haben. Wir befürchten schlimmes, wenn die Zauberkraft, die gewaltige Kraft, zu Miss Regina geht. Es war nur ein Versuch, Mister Adam. Und es hätte funktionieren können, wären sie nicht aufgetaucht. Das Rechtsprechende Orakel spricht da eine eindeutige Sprache." Setzte der Minister leise hinzu. Verwundert hob ich jetzt meinen Kopf. Denn das alles hatte ich nicht gewusst. „Und wieder diese Worte. Morganerin, Merliner. Was ist der Unterschied?" fragte ich jetzt verärgert. Mein Großvater hatte mir eine Menge verschwiegen. Und ein schweres Erbe hinterlassen, wurde mir bewusst. Verstimmt entzog ich Adam meine Hand. Der Minister* seufzte leise und führte uns zu einen großen Tisch. Dort wurden wir bereits erwartet.

„Wir sind die Merliner, Miss Ruby. Wir verfolgen den Pfad, den uns der große Zauberer Merlin, vorgegeben hat. Friedvoll und unauffällig zu leben und die normalen Menschen in Ruhe zu lassen. Soweit es geht." Sagte einer der Männer am Tisch und erhob sich. „Die Morganer sind das genaue Gegenteil. Sie sehen sich als Herrscher über die Menschheit und würden sie am liebsten versklaven. Doch dafür stehen wir ihnen im Weg. Wir verhindern ihre Pläne und beschützen die Menschen. Auch, wenn sie es oft nicht verdient haben." Erklärte ein anderer Mann finster. „Mord und Totschlag, Krieg und Vernichtung, wo man hinschaut.." sagte er leise murmelnd. Irgendwie musste ich dem Mann recht geben, dachte ich still.

„Es ist ihnen vielleicht nicht bewusst, aber sie sind die Hüterin der Zauberkraft ihres Großvaters, Miss Ruby. Auch wenn uns das immer noch wundert. Denn als sie damals getestet wurden, wiesen sie keinerlei Magie auf." Erklärte Minister

Geritt jetzt ernst. „Wie können sie dann solch eine gewaltige Energie, die Zauberkraft, beschützen und hüten. Dazu braucht ein eine gewaltige Kraft." Sagte er neugierig weiter. „Als Frau verfügen sie allerdings nicht darüber." Setzte er unfreundlich, fast herablassend, hinzu.

„Du wurdest getestet?" fragte Adam jetzt ebenfalls neugierig. Ich nickte und sah die Männer alle durchdringend an. So langsam kommen alle Erinnerungen zurück. „Meine Eltern starben und ich kam zu meinen Großeltern. Doch mein Onkel verlangte das Sorgerecht für mich. Er wollte mich erziehen." Begann ich zu sagen. Jeder Minister senkte den Kopf. „Er wollte eine Morganerin aus ihnen machen." Warf Minister Geritt ein. Ich nickte verstehend. „Großvater brachte mich hierher in die Zentrale. Um mich testen zu lassen. Es wurde festgestellt, dass ich nach meinem Vater komme und keinerlei Zauberkraft habe. Daraufhin verzichtete mein Onkel auf seine Forderung, mich erziehen zu wollen." Sagte ich weiter und stieß Adam, der etwas einwerfen wollte, schnell an. Verstehend *hustete er statt einer Antwort. Auch der Minister senkte jetzt seinen Kopf und schwieg. Er räusperte sich dann und sah mich ernst an. „Es ist wichtig, dass die Zauberkraft in unseren Kreisen bleibt, Miss Ruby." Sagte er dann kratzend. „Sie sollten sich für einen würdigen Zauberer entscheiden. So wie Agent Ralf." Sagte er dann heiser. Ich schmunzelte, denn Ralf hatte ich vollkommen vergessen. Der Mann war ja immer noch „Gast" der Trellerbys, dachte ich still.*

„Josef Tanner hat mich erwählt! Ich bin der einzig würdige Erbe des alten Fürsten, das habe ich bereits verkündet. Ich werde Ruby heiraten und die Kraft verantwortungsvoll einsetzen." Sagte jetzt wieder Adam und drückte bekräftigend meine Hand. Ich entzog ihm meine Hand und ging einige Schritte. Dann sah ich einen Mann nach dem anderen an und schluckte schwer. „Großvater vertraute mir grenzenlos. Deswegen überließ er mir die Entscheidung, wem ich diese mächtige Kraft übergebe. Ich kam heute   auf Wunsch von Adam Mc Vallun her. Weder, um zu heiraten." Sagte ich und wies auf Adam. „Noch

mich überreden zu lassen, die Kraft abzugeben. Ich habe heute eine Menge erfahren. Fast alles, was ich „Vergessen" hatte. Darüber muss ich jetzt nachdenken. Ich will nachhause." Erklärte ich dann und sah, wie der kleine Bürgermeister unter dem Tisch winkte. Wieder bückte ich mich nach meinen Schnürsenkeln und steckte den kleinen Mann wieder in meine Tasche. „Ich möchte jetzt gehen, es reicht, denke ich." Sagte ich schroff, unhöflich und neigte kurz den Kopf. Betretenes Schweigen trat ein.

Minister Gerrit nickte endlich und erhob sich. „Ich werde sie rausbegleiten, Miss Ruby. Ihr, Ihr Begleiter wird wohl noch etwas bleiben. Wir haben noch einige Fragen an Mister Adam. Wegen seinem Umzug hierher." Sagte der beleibte Mann dann freundlich. Zu freundlich, das machte mich stutzig. Wollte man mich loswerden, um sich allein mit Adam zu unterhalten? Fast war ich versucht, mich zu weigern und zu bleiben. Doch dann dachte ich an den aufgeregten Bürgermeister in meiner Tasche und nickte ergeben mit dem Kopf. Nicht auszudenken, wenn man den kleinen Spion hier entdecken würde. „Ich werde zuhause mit deiner Mutter warten, Adam Mc Vallun. Auch wir haben eine Menge zu besprechen." Sagte ich nur und folgte dann dieser Gundula, die mich wieder zur Tür brachte.

„Schade, dass wir Frauen diese Zauberkräfte nicht nutzen können. Es wäre doch schön, über so viel Macht zu herrschen. So sind wir immer auf die Gnade unserer Männer angewiesen, oder? Die Morganer sehen das lockerer, immerhin war ihre Gründerin eine Frau." Sagte Gundula so plötzlich, dass ich erschrak. Fast wäre in sie reingerannt, als sie stehenblieb und mir den Weg zur Tür versperrte. „Ihre Cousine hat doch auch Zauberkraft. Regina hat sie sich gestohlen. Von dummen, naiven Zauberern. Wussten sie das? Sie sagt, wir Frauen haben da die gleichen Rechte wie die Männer. Die Zeiten haben sich geändert. Mit der Kraft ihres Großvaters könnten wir viele Frauen glücklich machen. Denken sie mal darüber nach. Guten Tag, Miss Tanner." Sagte sie und öffnete das große Tor. Die Wächter erwarteten mich bereits.

10 Kapitel

Verwirrt von all den Informationen, radelte ich Heim. Der kleine Bürgermeister hüpfte aufgeregt in meiner Blusen Tasche auf und ab. „Ich habe meine Frau gesehen, Ruby Tanner! Und meinen Bruder! Und die restlichen Freunde! Dieser Ralf hat also nicht gelogen. Unser fehlendes Dorf ist dort. Hinter Glas, es ist schlimm. Niemand beachtet sie. Jeder rennt desinteressiert an ihnen vorbei. Sie haben Hunger und niemand interessiert es." Schimpfte der kleine Mann wütend. Schweigend hörte ich ihm zu. Immer noch mit meinen eigenen Problemen gefangen. Adam Mc Vallun hatte sich als mein zukünftiger Ehemann ausgegeben, dachte ich und stöhnte innerlich auf. Und ich hatte es fast stillschweigend hingenommen. Ohne lauten Protest hatte ich zugelassen, dass die Männer über meine Zukunft diskutierten. Das war doch sonst nicht meine Art, so etwas kommentarlos durchgehen zu lassen, überlegte ich streng mit mir selbst. Normalerweise hätte ich mich grob und unhöflich gewehrt, so behandelt zu werden. Was war denn nur mit mir los. Seit ich diesen dämlichen Adam erblickt hatte, schaltete sich regelmäßig mein sonst so kluger Verstand ab und meine „Tourette-Erkrankung" verblasste, dachte ich verärgert. Manipulierte mich der große Zauberer vielleicht unbewusst? Damit ich mich seinem Willen fügte? Vielleicht sollte ich mich einmal, ganz in Ruhe, mit dieser Erika, Adams Mutter, unterhalten. Bislang hatte ich dazu kaum Zeit gehabt, dachte ich beruhigt. Jetzt hatte ich ja Zeit dafür, Adam war noch beschäftigt. Er hatte sein Ziel, in die Zentrale zu gelangen, erreicht. „Hast du gehört, Ruby Tanner? Ich habe nach all den Jahren meine Frau wiedergefunden! Ich sah sie das letzte Mal, da war Lana noch ein kleines Mädchen mit Rattenschwänzen!" schrie mich jetzt der Bürgermeister wütend an. „Sie hungern, denn kaum einer der Riesen kümmert sich um sie. Und da sie hinter Glas gehalten werden, können sie sich nicht allein versorgen." Schnauzte der kleine Mann weiter. Ergeben nickte ich und stellte mein Fahrrad in den Schuppen. Abschließen brauchte ich nicht. Mein Haus würde keinen Diebstahl dulden. *Wieder fragte ich mich, wie es Adam ins Haus geschafft hatte. Er war doch ein Fremder und die brauchten meine Erlaubnis, um das Haus zu betreten, dachte ich finster.* „Ich habe dich verstanden und überlege bereits, wie wir das restliche Dorf befreien können. Lass uns reingehen und mit Erika reden. Vielleicht weiß sie Rat." *Sagte ich und hoffte den Mann damit beruhigen zu können. Doch ich hörte nur einen unanständigen Fluch.*

Erika Mc Vallun hatte Kuchen gebacken. Das freute mich, denn es erinnerte mich wehmütig an meine Großmutter. Zufrieden biss ich in das leckere Stück vor mir. „Unsere Familien sind seit Urzeiten miteinander verbunden, Ruby. Und es kam nicht selten zu Hochzeiten zwischen den Tanners und den Valluns. Mein Sohn Adam war schon immer von deiner Familiengeschichte fasziniert. Er sammelte alles, was er bekommen konnte, folgte jedem Hinweis auf die verschollene Familie. Leider landete er immer wieder in einer Sackgasse, Liebes." *Begann Erika zu erzählen. Ich trank dankbar den Kaffee.* „Dein Sohn war auf der

Jagd nach Großvaters Zauberkraft. Langsam kommen meine Erinnerungen wieder. Wie konnte ich so viel vergessen?" fragte ich nachdenklich. Plötzlich wurde mir bewusst, was ich alles aus meiner Kindheit vergessen hatte.

„Dein Großvater hat uns vor sechs Wochen besucht, Ruby. Nun ja, sein Geist war bei Adam. Er bat Adam um Hilfe. Er war auch bei dir, aber du hast ihn nicht bemerkt, dafür braucht man Erfahrung, Ruby. Deswegen war dein Großvater bei Adam. Josef sagte, dass du in großer Gefahr bist und Adams Hilfe brauchst. Josef hätte den Fehler gemacht, dir als Kind alle Zauberkraft zu sperren und dir die Erinnerungen daran zu nehmen. Nur so konnte er damals verhindern, dass dein Onkel Heinrich das Sorgerecht für dich erhält. Später hätte er versäumt, dir diese Kräfte und Erinnerungen wiederzugeben. Irgendwie gab es nie den richtigen Zeitpunkt dafür." Berichtete die Frau weiter. Schweigend lauschte ich ihren Worten, denn irgendwie machte das alles Sinn, überlegte ich. „Dein Großvater nannte uns die Stadt, in der wir dich finden würden. Er sagte, der Rest würde das Schicksal entscheiden. Und da wir sowieso verreisen mussten, packten wir unsere sieben Sachen, um hier heimisch zu werden. Adam war so voller Vorfreude, auf deine Familie zu stoßen. So dermaßen, dass er alle Vorsicht außer Acht ließ und Opfer eines Autounfalls wurde. Absichtlich herbeigeführt, nehme ich an." Sagte Erika besorgt weiter. „Wodurch Adam nicht dazu kam, sein Gepäck zu retten. Den Rest kennst du, Liebes." Sagte die nette Frau weiter. Ich schwieg. Der Geist meines Großvaters hatte Adam zu Hilfe gerufen? Warum hatte er das getan? Mein Leben war doch bis zu dem Zeitpunkt perfekt gewesen. Nun ja, etwas einsam vielleicht. Doch da hätte ich mir auch einen Hund oder eine Katze kaufen können, dachte ich und verkniff mir ein Lächeln.

„Ja, ja. Alles sehr interessant. Aber was ist mit unserer Familie? Mit den restlichen Dorfbewohnern? Wir wollen wissen, was wir da unternehmen werden! Es sind genug Jahre der Trennung vergangen. Ich will endlich meine Frau wieder in die Arme nehmen!" schrie der kleine

Bürgermeister laut und erntete Applaus von seiner Gemeinde. Sie alle hatten sich auf dem Tisch vor mir versammelt und diskutierten leise. „Entweder helft ihr uns, Riesen. Oder wir ziehen allein los. Ich will nicht mehr warten!" schimpfte jetzt Lana los. Ich nahm die kleine Frau auf die Hand und versuchte ein beruhigendes Lächeln. Es fiel mir schwer. Lächeln lag mir nicht. „Wir werden da wohl oder übel auf Adam warten müssen, Leute. Der Mann besitzt Zauberkräfte. Ohne die sind wir in der Zentrale verloren. Und wir brauchen einen guten Plan. Reinkommen ist das eine. Wir müssen mit euren Angehörigen auch wieder raus." Erklärte ich dann ernst. Ich hoffte, die Trellerbys akzeptierten es. Ich hörte ein besorgtes Seufzen von Erika. Das lenkte meine Aufmerksamkeit wieder auf das aktuelle Problem. „Ich mache mir große Sorgen um Adam, Ruby. Es gefällt mir nicht, dass er so lange wegbleibt. Adam hat in unserer alten Heimat keine weiße Weste, wenn du verstehst, was ich sagen will. Seine Besessenheit, was deine Familie angeht, stieß bei unserer Regierung auf Missfallen. Adam stellte zu viele, oft falsche Fragen. Damit *verärgerte er viele einflussreiche Menschen. Mehr als einmal wurde er angegriffen und entkam nur knapp einem Anschlag. Und als dein Großvater bei uns auftauchte, fand Adam es an der Zeit, die Zelte abzubrechen und sich auf die Suche nach der letzten Tanner zu machen."* Erklärte Erika jetzt heiser und kämpfte mit ihren Tränen. Die arme Frau hatte garantiert schon eine Menge mit ihren anstrengenden Sohn mitgemacht, überlegte ich still. Der Mann war alles andere als einfach. Und den sollte ich, nach Großvaters Willen, heiraten? Der sollte mein Seelenverwandter sein? Na, besten Dank aber auch, dachte ich verstimmt.

„Ich erwartete eigentlich eine Frau, so um die Vierzig, als ich mich auf die Suche nach dir machte." Hörte ich jetzt erleichtert die dunkle Stimme von Adam sagen. Der Mann trat leicht grinsend in die Küche und schenkte sich wie selbstverständlich, Kaffee ein. Mein Haus hatte Adam ohne Warnung an mich, reingelassen, dachte ich leicht ärgerlich. Was hatte das nun wieder zu bedeuten? Das würde ich später

ergründen, dachte ich. Jetzt war ich erst einmal froh, den Mann unversehrt wiederzusehen. Nur unter Mühen, unterdrückte ich ein glückliches Lächeln. Er sollte nicht merken, wie sehr ich mich freute. Ich konnte mich darüber freuen? das war ja ganz was Neues, überlegte ich leicht geschockt.

„Dass du erst vierundzwanzig bist, erleichtert alles. Und natürlich, dass du Zauberkraft besitzt. Das ist auch vom Vorteil. Wir werden eine perfekte Ehe führen. Ich bin der legitime Erbe deines Großvaters. Das habe ich heute in der Zentrale klargemacht. Ich erhalte diese Kraft nach unserer Eheschließung." Erklärte Adam jetzt so gelassen, dass mir die Worte wegblieben. So was von arrogant, dachte ich wütend. Da wurde von den Männern über meine Zukunft bestimmt. Ohne meine Meinung dazu zu hören, dachte ich grimmig, die Lippen zusammengekniffen. „Die Minister haben es akzeptiert? Ohne Widerspruch? Das wundert mich, Sohn." Sagte jetzt Erika zufrieden lächelnd. Jetzt endlich hatte ich mich etwas beruhigt. Ich sah Adam an und *wünschte den Mann in die hinterste Mongolei. Was fiel dem Mann ein, so einfach über mein Schicksal zu bestimmen? Bis vor zwei Tagen war er mir vollkommen unbekannt gewesen, dachte ich zornig. „Wie kommst du darauf, dass ich dich heiraten werde, Adam Mc Vallun! Oder dass ich Zauberkräfte besitze! Du platzt so einfach in mein gut organisiertes Leben und glaubst, ich würde zulassen, dass du alles bestimmst. Zu deiner Information. Mein Leben war vor deinem Auftauchen perfekt. Und wird es nach deinem Verschwinden auch wieder werden. Ich werde dich nicht heiraten, nur um dir Großvaters Kräfte zu geben. Wenn ich einmal heirate, dann nur aus Liebe!" sagte ich voller Wut. So, jetzt war es raus, jetzt hatte ich es gesagt. Jetzt kannte der Mann meine Meinung. Und davon würde ich nicht abweichen. Egal, welche Argumente er bringen konnte.*

„Liebe, gutes Argument, Ruby Tanner! Meine große Liebe leidet Hunger und vermisst ihre Familie! Könnt ihr eure internen Probleme einmal verschieben, bis wir alle wieder vereint sind? Das

würden wir Trellerbys begrüßen!" schrie jetzt der kleine Bürgermeister aufgebracht. Ich   zuckte beschämt zusammen, denn die kleinen Trolle hatte ich im Moment vollkommen vergessen. In dem Moment, da Adam die Küche betrat, dachte ich, hatte   ich alles andere vergessen. „Du hast recht, Bürgermeister. Eure Leute müssen befreit und in Sicherheit gebracht werden. Alles andere kann warten." Stimmte ich zu und hob meine Hand als Adam widersprechen wollte. „Wir werden deine Leute befreien, versprochen." Sagte ich entschlossen. Ich nickte dem Bürgermeister zu und er verstand.   Er murmelte wieder und ich schrumpfte auf seine Größe. Während ich Adam Mc Vallun fluchen hörte, folgte ich den Trellerbys in ihr Dorf.

11 Kapitel

„Du musst versuchen, Adam zu verstehen, Ruby. Es gibt nur noch wenig Zauberkraft auf der Erde. Durch die Vermischung von Zauberern und normalen Menschen, wird sie immer weniger. Es werden immer weniger Kinder mit magischen Eigenschaften geboren. So wie du, meine Liebe." Erklärte mir der Bürgermeister. Wir waren auf dem Weg zu seinem Haus. „Anscheinend weist du ein wenig Zauberkraft auf. Und das als Frau. Trotzdem bist du die Hüterin der Zauberkraft deines Großvaters. Etwas, das eigentlich im Widerspruch steht. Denn als nichtmagisches Wesen, ich meine als Frau, hast du keine Fähigkeiten dazu, solch eine Macht zu bündeln." Der Bürgermeister öffnete die Haustür und das erste Mal sah und erinnerte ich mich wieder an Ralf. Meinen Nachbarn hatte ich ja vollkommen vergessen. Beschämt lächelte ich.

Ralf saß schlechtgelaunt am Küchentisch und löffelte eine Suppe. Jetzt hob er seinen Kopf. „Na, da seid ihr ja wieder. Wurde aber auch Zeit. Was habt ihr getrieben und wo steckt der andere Halunke? Das hier nennt man Freiheitsberaubung, nur dass ihr es wisst." Schnauzte Ralf uns umgehend an. Ich setzte mich und nahm dankbar den Becher Tee von Lana entgegen. „Es stand dir doch frei, zu gehen, Ralf. Niemand zwingt dich zu bleiben." Sagte ich dann und berührte beruhigend seine Hand. Der Mann grunzte nur und der Bürgermeister grinste breit. „Erinnere dich, was ich dir über Zauberkraft erzählt habe, Ruby. Ralfs Kraft reicht nicht, um sich hier heraus zu zaubern." Sagte der Bürgermeister zufrieden. Damit war die Sache für den Mann erledigt, dachte ich schmunzelnd. „Sie können Ralf nicht auf ewig gefangen halten, Bürgermeister. Irgendwann wird man ihn vermissen und suchen." Gab ich zu bedenken. Notfalls musste ich Adam um Hilfe bitten, dachte ich besorgt. Auch, wenn es mir widerstrebte. Denn wenn die Minister hiervon erfuhren, konnte es eine Menge Ärger geben. Ich betrachtete Ralf etwas genauer und sah von seinem blonden Haar zu seiner geraden Nase. „Gundula. Gundula ist deine Schwester, oder Ralf? Du bist der Sohn von Minister Geritt." Mutmaßte ich dann schwer schluckend. Deswegen war Ralf also in meine direkte Nachbarschaft gezogen. Hatte Adam also doch recht mit seinen Anschuldigungen. Alle waren hinter Großvaters Erbe her. „Ja, warum soll ich es leugnen. Sie ist meine Zwillingsschwester. Aber anders als sie, bin ich nicht machtbesessen." Erklärte Ralf mir dann und sah mich ehrlich an. Ich glaubte ihm. „Mein Vater und meine Schwester erfuhren, dass dieser Adam auf dem Weg zu dir waren und überlegten, wie sie dir die Macht vor seinem Eintreffen stehlen könnten. Ich merkte es und zog neben dir ein, um dich zu beschützen. Im Haus wurdest du schon beschützt. Doch jedes Mal, wenn du das Haus verlassen hast, warst du in Gefahr. Ich folgte dir und beschützte dich." Ralf schluckte schwer und stoppte einen Moment seine Beichte. „Und deswegen wolltest du mir auch das Dorf der Trellerbys wegnehmen? Um mich zu beschützen? Ihr müsst mich ja für reichlich dumm und naiv halten!" Fragte ich ärgerlich, so hinters Licht geführt worden zu sein. Da war er wieder, mein übler Tonfall.

Ralf lief rot an und versuchte ein beschämtes Grinsen. „Die kleinen Wesen stellen eine Menge Unsinn an, Ruby. Das musst du zugeben. Trotzdem vergiss nicht, wer dir den Tipp mit der Zentrale gab. Das du dort die restlichen Häuser finden kannst. Und, da ich diese kleinen Wesen besser kennengelernt habe, werde ich euch helfen, die anderen zu befreien. Ich kann Lanas Trauer um den Verlust ihrer Mutter gut verstehen." Sagte Ralf dann leise. Sein Blick sucht Lana, die weinend am Tisch lehnte.

„Ich befürchte, dass meine Schwester hinter ihrem Unfall steckt, Zauberer Adam. Gundula ist besessen von der Zauberkraft der Fürstenfamilie. Angespornt wird sie dabei von dieser Regina. Eine unsympathische Frau, muss ich sagen. Sie wiegelt die Frauen unserer Gruppe auf und verspricht ihnen uneingeschränkte Zauberkraft." Sagte Ralf.. Wir waren wieder groß und saßen am Küchentisch in meinem Haus. Der Bürgermeister saß mit drei anderen Männern auf einer kleinen Schachtel. Nach einer Stunde des Nachdenkens war ich zu der Meinung gekommen, Adam um Rat zu bitten. Immerhin hatte er das Dorf hier ja aus dem alten Museum gestohlen. Er hatte also Erfahrung, dachte ich.

„Um Regina und Gundula kümmere ich mich später, Ralf. Jetzt werden wir das kleine Dorf endlich wieder vereinen. Das habe ich den alten Fürsten versprochen. Und ich weiß auch schon einen guten Plan. Nun, gut für mich und die Trellerbys. Ruby wird ein Opfer bringen müssen, denke ich." Erklärte Adam breit grinsend. „Ich verlange, dass sie mich heiratet. Wir beiden sind füreinander bestimmt." Setzte er leise hinzu. Der letzte Satz war nur für mich gedacht.

Jeder am und auf dem Tisch sah mich jetzt herausfordernd an. Ich ahnte, worauf der große Mann hinauswollte und schüttelte meinen Kopf. Adam wollte nicht mich, er wollte Großvaters Zauberkraft. Unsicher, ob meine Vermutung stimmte. „Oh nein, ich habe meine Meinung zu dem Thema bereits geäußert, denke ich. Ich werde dich nicht heiraten, Adam Mc Vallun. Um keinen Preis. Wenn ich heirate, dann nur aus Liebe." Sagte ich brüchig. „Nicht, um irgendeine dämliche Kraft abzugeben." Sagte ich hart. Ich wusste, dass ich mich wiederholte. Doch das war mir jetzt, in diesem Moment, egal. Adam Mc

Vallun sollte wissen, wie ich dachte. Wütend auf alle im Raum, die Entgegenkommen von mir erwarteten. „Das eine schließt das andere nicht aus, Ruby." Sagte Erika jetzt vermittelnd Sie erhob sich und nickte den anderen am Tisch zu. Der Raum leerte sich, ich blieb mit Adam allein zurück. Nervös hielt ich Adam meinen Kaffeebecher entgegen. Gutmütig füllte er ihn wieder. Dann setzte er sich neben mich und legte seine Hand auf meine. Ich wunderte mich, dass er meine „Ausbrüche" so gelassen nahm. Ich ließ es zu und genoss die Wärme, die von dem großen Mann ausging. „Du spürst es doch auch, Ruby. Leugne es nicht." Sagte er nur dunkel. „Seit dein Großvater, oder besser sein Geist, mich besucht hat, bin ich auf der Suche nach dir. Seitdem weiß ich, dass unsere Schicksale verbunden sind. Dein Großvater hat mich zu dir gesandt, er hat das entschieden, Ruby. Und seit ich dich das erste Mal sah, war es um mich geschehen. Ich habe meine andere Hälfte gefunden. Egal, wie sehr du dich wehrst." Sagte er leise weiter als ich immer noch schwieg. „Oder wie böse dein Ton noch wird."

Ich starrte einen imaginären Fleck an der gegenüberliegenden Wand an und schwieg. Ich dachte an den Augenblick in der kleinen Kirche, als ich Adam das erste Mal gesehen hatte. Ich wusste, der Mann hatte Recht. Meine Großmutter hatte mir immer erzählt, man spüre, wenn man seine andere Hälfte treffen würde. So sei es ihr damals mit Großvater ergangen. Sie hatte ihren Josef gesehen und wusste, dass er ihr Schicksal war. Trotzdem weigerte ich mich, das Schicksal zu akzeptieren, dachte ich verärgert. Denn meinen zukünftigen Mann hatte ich mir ganz anders vorgestellt. „Trägst du eigentlich immer so steife, altmodisch Anzüge?" fragte ich und unterdrückte ich freches Grinsen. „Hast du schon einmal eine Jeanshose besessen?" Ich stellte mir Adam Mc Vallun in Jeans und Shirt vor. Das erhöhte meinen Puls und ich atmete etwas schneller. Meine sonst immer gedrückte Laune stieg, jedes Mal, wenn ich mich mit Adam unterhielt, merkte ich verwundert. Der Mann tat mir merkwürdigerweise gut.

Adam grunzte nur und schüttelte dann seinen Kopf. „Kannst du dich mal auf das wesentliche konzentrieren? Ich weiß vom Minister Geritt, dass dein Großvater damals deine Zauberkräfte gesperrt hat. Um zu verhindern, dass du zu deinem Großonkel musst. Der Minister hat damals geholfen, das zu verschleiern. Deine Großeltern wollten dich beschützen und nahmen dir alle Erinnerungen an die Magie." Sagte Adam, statt meine Frage zu beantworten. „Du wuchst als ganz normales Mädchen auf. Deswegen hast du keine Ahnung von der Zauberei." Sagte er weiter als ich nachdenklich schwieg. Ich grunzte dunkel. „Dafür mit einer Macke, andere zu beleidigen. Danke aber auch. Nun, etwas Ahnung hatte ich schon." Widersprach ich und dachte an das Haus, dass mich immer beschützt hatte. „Außerdem kann   ich die Trellerbys sehen und hören. Also muss   ich irgendetwas magisches haben, oder? Also, Zauberer, besitzt du auch moderne Kleidung?" fragte ich erneut. „Mit deinen Anzügen fällst du überall auf." Sagte ich leise kichernd. Jetzt zog Adam seine Augenbrauen zusammen und seufzte laut. „Du versuchst, das

Thema zu vermeiden und bringst deshalb diese dummen Fragen. Ich merke es, Ruby Tanner." Sagte er dann heiser und zog mich auf. Er nahm mich in seine Arme und senkte seinen Kopf. „Ich werde dich jetzt küssen. Richtig küssen. Mal sehen, was dann passiert." Flüsterte er und legte seine Lippen sanft auf meinem Mund. Zitternd erwiderte ich den zärtlichen Kuss, auf den ich, wenn ich ehrlich war, schon lange gewartet hatte. Ich wusste, dass es so kommen musste, dachte ich flüchtig. Der Kuss wurde intensiver. Adams Zunge eroberte meinen Mund und ich vergaß zu denken. Mein Verstand setzte aus und mir fiel keine Antwort darauf ein. Genauso hatte Großmutter damals ihren ersten, wahren Kuss beschrieben, erinnerte ich mich außer Atem.

„Na, dass war doch schon ein Anfang, kleine Fürstin." Flüsterte Adam und suchte meinen Blick. Verlegen löste ich mich von Adam und setzte mich wieder. „Ja, war ganz nett. Ich meine, ich habe schon andere geküsst. Aber dieser Kuss war gut." stammelte ich dann leise. Ich wusste, dieser eine Kuss änderte mein gesamtes Leben. Adam grinste zufrieden. Er strich mir eine Haarsträhne aus dem Gesicht. „Du lügst echt schlecht, Ruby Tanner. Das war der Kuss der Erkenntnis, dass musst du doch auch gespürt haben." Sagte er selbstzufrieden.

12 Kapitel

„Ich habe es gewusst, Ruby Tanner. Seit meine Mutter mir dein Bild gezeigt hat, wusste ich, ich habe meine zukünftige Frau gefunden. Wir werden heiraten." Sagte Adam und wollte mich erneut in seine Arme ziehen. Doch diesmal wehrte ich mich und suchte Abstand. Lachend sah mir Adam zu, wie ich mich in Richtung Tür wandte. „Du kannst dich nicht weiter wehren, Ruby. Durch den Kuss sind wir verbunden. Die Hochzeit ist die logische Konsequenz davon." Sagte er breit grinsend. „So ist es zwischen Zauberern seit Anbeginn der Zeit. Daran wirst du nichts ändern können." Adam sah recht zufrieden aus, dachte ich erschüttert. Für den Mann war alles geklärt. Und das nur durch einen einzigen Kuss. „Meine Mutter hat meinen Vater geliebt, Adam Mc

Vallun. Einen ganz normalen Mann ohne Zauberkraft. Und sie war glücklich. Warum sollte ich mich dann einer uralten Tradition beugen? Ich kann mir doch auch einen normalen Mann suchen. Einen Mann, der gerne Jeanshosen trägt. Und keine verstaubten Anzüge." Sagte ich grimmig. Ein Lächeln glitt über meine Lippen als Adam mich wütend in seine Arme zog und erneut küsste. Leidenschaftlich presste er seinen Mund auf meinen und verlangte Einlass. Wild, zornig, erwiderte ich den Kuss. Der Mann würde nicht die Oberhand über mich gewinnen, nahm ich mir vor. Wir küssten uns lange und hart. Keiner von uns war willens, den Kuss zu beenden. Erst als das alte Haus laut mit den Türen schlug und mit den Fensterläden klapperte, schreckten wir auseinander. „Was ist denn nun kaputt?" fragte Adam kurzatmig. Ebenso nach Luft ringend, wie ich, bemerkte ich zufrieden. „Es bedeutet, dass sich jemand unberechtigterweise Zutritt zum Haus verschaffen will. Wir sollten das Dorf beschützen. Vielleicht suchen Ralfs Freunde nach ihm." Sagte ich hastig und riss mich von Adam los. Der Mann nickte verstehend. „Wir sind mit unserem privaten Thema noch nicht fertig. Aber das hier hat Zeit. Erst kümmern wir uns um den Einbrecher." Sagte er dunkel lachend.

„Ich sehe nach deiner Mutter." Sagte ich leise. Erika hatte sich zurückgezogen, um zu schlafen. Adam nickte überrascht. Es wunderte den Mann, das ich mir Sorgen um seine Mutter machte. „Sei vorsichtig, Ruby. Es sind entweder Morganer, die sich die Zauberkraft sichern wollen, oder es sind Agenten von der Zentrale, auf der Suche nach Ralf." Sagte Adam und küsste mich kurz auf die Wange. Dann löste er sich vor meinen Augen auf. Seufzend schlich ich durch das riesige Haus. Zum Glück war ich hier aufgewachsen und kannte die versteckten Gänge. So kam ich unentdeckt zum Gästezimmer. Jetzt war ich froh, dass Adam hier war und mich beschützte. Denn das hier war nicht der erste Einbruch dieser Art. Doch zum ersten Mal wusste ich, wonach die Einbrecher suchten, dachte ich schwer schluckend. „Wir haben Einbrecher im Haus, Mrs. Mc Vallun. Sie sollten in Sicherheit gehen." Weckte ich Adams Mutter. Ich half der Frau, sich anzuziehen und wies ihr den kleinen Pavillon im Garten. Dort würde sie sicher warten können, überlegte ich. Dann schlich ich durch das dunkle Haus, auf der Suche nach Adam. Der Mann konnte bestimmt Hilfe brauchen, dachte ich.

„Ruby? Folge mir. Wir müssen reden." Hörte ich plötzlich die geliebte Stimme meines Großvaters sagen. Verwundert blieb ich stehen und versuchte, in der Dunkelheit etwas zu erkennen. „Du? Du hast mir gerade noch gefehlt, Großvater." Sagte ich finster. „Trolle, Zauberer, Einbrecher. Warum kein Geist."

Der Geist schmunzelte über mein verärgertes Gesicht. „Folge mir, Liebes, es wird Zeit." Sagte Großvater heiser lachend. Der Geist führte mich in den Keller und weiter durch einen, mir unbekannten, Gang. Dort schwang jetzt eine uralte Tür auf. „Mein geheimer Raum, Liebling. Du musst unbedingt mein Tagebuch lesen." Erklärte mir Großvater und löste sich auf.

Adam zählte vier Männer und eine Frau, die durch den langen Flur schlichen. Die Haustür wurde aus den Angeln gesprengt, dass sah er sofort. Kein Wunder, dass das Haus sich gemeldet und Alarm geschlagen hatte, überlegte er besorgt. Unsichtbar näherte Adam sich den fünf Personen. Die Frau war fraglos diese Regina, die Cousine. Dann waren die vier Männer garantiert Morganer. Das bedeutete eine Menge Ärger, überlegte er schwer. Denn er war noch von dem Unfall geschwächt und würde es gegen die fünf nie allein aufnehmen können. Die Zauberkraft seiner Mutter war viel zu schwach und diesem Ralf vertraute Adam nicht. Er konnte den Mann nicht einschätzen. Adam hatte in den Jahren, seit er auf der Suche nach der verschollenen Fürstenfamilie gewesen war, gelernt, misstrauisch zu sein.

„Ich habe das gesamte Haus bereits auf den Kopf gestellt, Jungs. Wir müssen uns meine Cousine greifen. Bevor sie diesen Zauberer heiratet und damit die Zauberkraft weggibt. Wir brauchen diese Kraft dringend. Und Ruby ist der Schlüssel *dazu. Sie muss wissen, wo Josef Tanner die Macht versteckt hat." Flüsterte Regina gehässig. „Meinst du, deine Cousine ist alleine? Vielleicht ist der Zauberer ja auch noch im Haus." Fragte jetzt einer der Männer unsicher. „Ich habe von diesem Adam Mc Vallun gehört. Er soll gefährlich sein." Sagte ein anderer Mann bedenklich. Sie hatten also Angst vor ihm, dachte Adam zufrieden. Das verbesserte seine Lage erheblich. Vielleicht konnte er sie damit einschüchtern. „Meine prüde Cousine würde nie einen Mann hier übernachten lassen, egal was der Typ sagt. Sein Gerede über eine Hochzeit interessiert Ruby nicht. Meine Cousine glaubt immer noch an die wahre Liebe. Sie ist so naiv. Da wird sich dieser Adam seine Zähne ausbeißen. Garantiert hat sie den Kerl bereits mit ihrem Mundwerk in die Flucht geschlagen." Flüsterte Regina und fluchte, als sie über einen Sessel stolperte. „Das verfluchte Haus. Passt auf, Jungs. Mein Onkel hat das Haus verzaubert, es wird sich wehren." Warnte Regina die Männer hinter sich. Jetzt schrie einer der Männer auf. Die Kellertür öffnete sich und zog den Mann in den Keller. Laut schreiend fiel er die* breite Treppe herunter. „Da war es einer weniger." Zufrieden dankte Adam dem Haus leise. Es war gut, solch einen Verbündeten zu haben, dachte er grinsend. Jetzt rückten die übrigen Männer zusammen und gingen schneller hinter Regina her. Adam war gespannt, wo die Frau hinwollte. Was hatte sie vor. Was trieb sie um diese Uhrzeit her? „Wir sollten im Hellen wiederkommen, Regina. Das hier ist mir unheimlich. Was suchst du eigentlich?" fragte jetzt einer der Männer furchtsam. Morganer, alles Feiglinge, dachte Adam grinsend. Regina stoppte und sah verächtlich auf die Männer hinter sich. Männer, alles Feiglinge, dachte sie. „Mein Onkel hat hier irgendwo einen geheimen, magischen Raum eingerichtet. Das hat mein Vater mir erzählt. Dort lagern geheime Papiere. Wenn wir die finden, finden wir bestimmt etwas über die Zauberkraft heraus. Ich brauche diese Kraft, wenn wir die Zentrale übernehmen wollen." Flüsterte Regina wütend.

Das war also der Plan, dachte Adam. Die Morganer wollten die Macht an sich reißen.

Plötzlich tat sich ein Loch vor Regina auf. Die Frau sprang elegant darüber, doch einer der Männer reagierte zu spät und wurde vom Loch verschluckt. Adam grinste breit. Das Haus war einmalig, dachte er glücklich. Es beschützte Ruby gut. Keine Frage. „Mir reicht es. Ich verschwinde!" sagte einer Männer, die Regina folgten. Er wandte sich um und rannte zur Tür. Doch dann schrie er auf und schrumpfte. Adam sah den Bürgermeister, der mit seinen Männern, den nun kleinen Einbrecher, gefangen nahmen. Das erleichterte Adam den Kampf. Auf die Trellerbys war Verlass. Niemand sollte diese kleinen Wesen unterschätzen, dachte er.

„Du hast uns nur mitgenommen, damit wir die Fallen für dich ausschalten!" schimpfte der letzte Mann und zuckte unkontrolliert mit seinen Zauberstab herum. Regina fluchte, denn so hatte sie sich diesen Überfall nicht vorgestellt. „Ich dachte, du kennst dich hier aus. Bist du hier nicht aufgewachsen?" fragte der Mann ängstlich. „Das Haus ändert sich ständig, Fred. Das macht es ständig, wenn ich hier mal zu „Besuch" komme.

Räume verschwinden und tauchen woanders wieder auf. Es hat einen eigenen Willen und gehorcht auf keinen Befehl. Die Einzige, die es kontrollieren kann, ist meine dämliche Cousine. Sie weiß als einzige, wo sich der geheime Raum befindet. Wir müssen Ruby finden, dann kann sie uns zu dem Raum führen. Das wollte ich heute Vormittag bereits, doch da war dieser Zauberer hier und hat es verhindert." Sagte Regina und schnippte mit den Fingern. Licht ging an. Adam wurde sichtbar und Regina schrie erschrocken auf. „Guten Abend, Morganerin. Hatten sie nicht Verbot, das Haus zu betreten? Sie suchen also Josefs geheimen Raum. Glauben sie mir, den würde ich auch gerne finden. Doch das muss Ruby entscheiden, denke ich. Und an die kommst du nicht ran." Erklärte Adam gefährlich leise. Nein, er würde diese gefährliche Frau auf keinen Fall in Rubys Nähe lassen. Auch, wenn er immer noch von dem Unfall geschwächt war. „Wir sind zu zweit, Zauberer und du bist allein. Du bist angeschlagen. Wie willst du da Ruby vor uns beschützen? Du willst doch dasselbe wie wir. Ruby interessiert dich überhaupt nicht. Sie ist *langweilig und fade. Ohne irgendwelche Kräfte. Dich interessiert doch auch nur die Zauberkraft des Alten. Wäre das nicht, wäre dir Ruby doch egal. Sie sieht so altbacken aus. So prüde. Ich schäme mich, dass ich mit der Frau verwandt bin." Sagte Regina gehässig. Sie wollte Adam ablenken, dass spürte er und hielt den Mann hinter ihr im Auge. Er war gefährlicher als Regina, das spürte er. Seine Schulter schmerzte heftig. Der Bruch meldete sich. Es fiel Adam schwer, seinen Zauberstab hochzuhalten. „Du irrst dich, Morganerin! Ruby ist meine Frau! Das habe ich erkannt, erkannt, als ich sie das erste Mal sah. Das Schicksal lässt sich nicht betrügen. Doch daran glaubt ihr Morganer ja nicht. Ihr wollt das Schicksal zu euren Wünschen verbiegen." Sagte Adam und versuchte sein Schwanken zu kontrollieren. „Du kannst dich ja kaum auf den Beinen halten, Zauberer. Es wird ein Leichtes, dich zu besiegen. Vielleicht verwandele ich dich in eine Stehlampe." Höhnte jetzt der Mann hinter Regina und zielte mit seinem Zauberstab auf Adam.*

„Haus! Schrank, andere Dimension!" sagte eine wütende Frauenstimme hinter Adam laut. Verwundert sah er, wie sich der große Wandschrank öffnete und den aufschreienden Mann hinter Regina verschluckte. Die Türen schlossen sich wieder und es herrschte Ruhe, himmlische Ruhe. Ruby trat zu Adam, um den Mann zu stützen. „Ich habe soeben eine Menge erfahren, Regina. Du willst also Großvaters Zauberkraft finden?" Fragte ich sie dunkel. „Du hast sie gefunden. Sie steht direkt vor dir."

13 Kapitel

Ich zitterte heftig, denn das hier war so gewaltig. Endlich wusste ich wieder, was mir all die Jahre gefehlt und belastet hatte. Warum ich an dieser merkwürdigen Krankheit, dieses Bedürfnis, alle Menschen zu vergraulen, erkrankt war. Mein Gespräch mit Großvater hatte mir die Erinnerungen wiedergegeben, dachte ich bitter.

Und das war alles andere als erfreulich gewesen. Ich musste das erst einmal verarbeiten. Doch dafür fehlte mir jetzt die Zeit. Denn jetzt musste ich mich mit meiner Cousine auseinandersetzen. Zum Glück hatte ich Adam an meiner Seite. Er legte jetzt beruhigend seine Hand auf meine bebenden Schultern.

„Dann hatte mein Vater all die Zeit Recht gehabt! Und niemand hat ihm geglaubt! Alle haben Vater damals ausgelacht! Onkel Josef hat sich also gegen den Ehrenkodex versündigt. Mein Vater hat es gewusst. Du dürftest überhaupt nicht mehr leben, Ruby. Vater hat es gewusst!" schrie jetzt Regina aufgeregt. Adam hob verwundert seinen Kopf und sah mich fragend an. „Ich verstehe nicht, Ruby. Wovon spricht deine Cousine. Was meint sie?" fragte er dann dunkel. Ich kämpfte mit den Tränen. Konnte ich nicht die Uhr um drei Tage zurückdrehen? Ich würde dann gerne auf den alten Koffer verzichten, dachte ich bitter. Hauptsache, ich bekam mein altes, langweiliges Leben zurück. Mit meinem Job, mein einsames

Haus und Leben.   Unwissend, was meine Vergangenheit betraf.

„Ruby dürfte nicht mehr leben, Zauberer. Schon als Kind war sie tot. Der Unfall ihrer Eltern, Ruby war dabei. Mein Vater hat es gewusst. Jetzt verstehe ich endlich alles." Sagte Regina kreischend, unbeherrscht. „Wenn ich das in der Zentrale berichte, wird man Ruby verhaften. Sie dürfte überhaupt nicht mehr existieren." Schrie sie jetzt und hob erneut ihren Zauberstab. „Wenn ich dich jetzt eliminiere, kann mir niemand etwas vorwerfen. Denn du bist ja eigentlich seit vielen Jahren tot. Und dann wird Josefs Zauberkraft wieder freigesetzt. Sie gehört dann mir, seiner einzigen Erbin." Sagte sie und hektische Flecken traten auf ihr Gesicht. Regina schien fast durchzudrehen, dachte ich erstaunt.

„Tu dir keinen Zwang an, Regina. Denn du hast mit allem recht. Ich wäre, ohne Großvaters Zauberkraft, bereits lange tot." Sagte ich und drehte mich zu Adam herum. Jetzt war ich über seine Anwesenheit hier dankbar. „Ich war damals dabei als meine Eltern starben, Adam. Ich sollte *eigentlich auch sterben. So hatte es mein Onkel geplant. Sieben Jahre war ich damals alt. Meine Mutter und mein Vater waren auf der Stelle tot. Ich überlebte schwerverletzt. Großvater fand mich und brachte mich fort. Bis heute fehlte mir daran jede Erinnerung. Doch jetzt weiß ich wieder alles. Regina hat recht. Ich dürfte nicht mehr leben." Erklärte ich dem großen Mann heiser. Jetzt liefen mir doch die Tränen übers Gesicht und durchtränkten das dunkle Seidenhemd vor mir. Adam lächelte beruhigend. „Trotzdem bist du mein Schicksal, Ruby Tanner. Das weiß ich, seit ich dich das erste Mal sah. Egal was passiert. Ich werde um dich kämpfen." Flüsterte Adam und hob meinen Kopf um mich zu küssen.*

Ich schrie schmerzerfüllt auf. Regina hatte ihren Zauberstab gehoben und murmelte eine Zauberformel. „Endlich weiß ich, wo der alte Fürst seine Zauberkraft versteckt hat. In der Kette mit dem Familienwappen. Ich werde sie mir holen, denn sie gehört mir." Schrie Regina siegesgewiss. Ich spürte, wie jede Kraft aus meinem Körper wich. „Es reicht! Niemand greift meine zukünftige

Frau an" schrie jetzt Adam wutentbrannt und richtete seinen Zauberstab auf Regina. Aufschreiend zuckte Regina zurück und die Schmerzen endeten. Ohnmächtig sank ich zusammen. Ich sah nicht mehr, wie sich meine Cousine schreiend auflöste.

Ein schwerer Arm hinderte mich daran, mich umzudrehen. Verwundert sah ich neben mich. Ich schluckte schwer als ich Adam neben mir leise schnarchen hörte. Der Mann hatte mich in mein Zimmer gebracht und lag jetzt neben mir in dem großen Bett. Es war das erste Mal, dass ich mit einem Mann das Bett teilte. Warum ging mir das ausgerechnet jetzt durch den Kopf, fragte ich mich. Dann wurde ich rot, als ich an mir heruntersah. Denn ich trug lediglich meine Unterwäsche. Irgendjemand hatte mich also entkleidet, dachte ich verlegen. Jemand hatte die vielen Narben auf meinem Körper gesehen. Etwas, was ich zu verstecken versucht hatte. Deswegen trug ich immer diese hochgeschlossene Kleidung, die andere zu viel

Spott veranlasst hatte. Besonders meine Cousine Regina. Regina, fiel mir wieder ein. Hatte sie sich nicht schreiend aufgelöst, nachdem sie versucht hatte, mich umzubringen? Und hatte der Mann neben mir nicht dafür gesorgt? Was hatte Adam mit Regina angestellt? War Adam meinetwegen zum Mörder geworden? Wir beide mussten uns unbedingt unterhalten, überlegte ich und erinnerte mich an das Gespräch mitmeinem Großvater. Nun, mit dessen Geist, dachte ich schwer schluckend. Ich rüttelte Adam wach. Unwirsch knurrend, öffnete er seine Augen. Doch dann lächelte er umwerfend charmant. „Du bist endlich wieder wach. Ich habe mir schon Sorgen gemacht, Ruby. Du warst lange weggetreten. Mutter hatte schon Sorgen, du hättest deine letzte Reise angetreten." Scherzte er dann zufrieden.

„Diese Reise hatte ich bereits vor vielen Jahren angetreten, Adam. Großvater hat sie nur unterbrochen. Oder beendet, wenn es dir lieber ist." Sagte ich finster. Ich konnte seine gute Laune nicht teilen. Adam grinste breit. „Und ich bin froh darüber, Ruby Tanner. Denn sonst hätte ich nie meine andere Hälfte treffen können. Du bist die Frau, die das Schicksal mir vorbestimmt hat. Das weiß ich, seit ich das erste Mal sah." Flüsterte Adam jetzt dunkel. „Verstehst du nicht? Ich war damals tot. Mein Großvater hat mich durch seine Zauberkraft zurückgeholt. Diese mysteriöse Kraft, hinter jeder her ist, steckt in mir. Mein Onkel hat es damals geahnt und wollte deshalb das Sorgerecht für mich." Versuchte ich zu erklären, was mein Großvater mir vorhin erzählt hatte. „Großvater hat das verhindert und mir alle Erinnerungen an meine Kindheit genommen. Um mich vor meinen Onkel zu beschützen. Seit Jahren zaubere ich unbewusst. Es war mir nie klar, dass ich Zauberkräfte habe."" Sagte ich leise, immer noch zweifelnd. Viele kleine Begebenheiten wurden mir plötzlich klar. Erst gestern hatte ich doch den Rechner verzaubert, erinnerte ich mich jetzt. „Ich dürfte eigentlich nicht mehr leben." Flüsterte ich ergriffen. Liebevoll senkte Adam den Kopf und küsste mich lange. „Ich wiederhole, es freut mich, dass du lebst, Ruby Tanner. Denn das, was jetzt kommt, würde ich ungern mit einem

Geist tun." Sagte er verführerisch. Dann zog er mich in seine Arme. „Woher wusste ich, wie das hier enden würde?" Fragte ich schmunzelnd. „Weil es seit dem Tag unserer Geburt vorbestimmt war, Ruby Tanner." Flüsterte Adam zurück.

Erika rüttelte mich sanft wach. Ich war wieder tief eingeschlafen. Was auch kein Wunder gewesen war. Adam war ein leidenschaftlicher Liebhaber und hatte mich alles andere vergessen lassen. Verlegen zog ich die Bettdecke bis ans Kinn. „Es muss dir nicht peinlich sein, Liebes. Mir erging es damals mit Adams Vater ebenso. Wir sahen uns und wussten, dass wir füreinander bestimmt waren. Keine vier Wochen später waren wir verheiratet. Das ist das Schicksal, Ruby. Ich freue mich, dass du bald zu meiner Familie gehörst. Ich mag dich und dein Haus." Sagte Erika sanft und reichte mir meine Kleidung. „Wo ist Adam? Hat er ihnen nicht erzählt, dass ich nicht leben dürfte? Wenn das die Minister in der Zentrale erfahren, werden sie Großvaters Zauberkraft absaugen. Ich werde dann wahrscheinlich sterben. Denn nur dank dieser Kraft habe ich damals den Unfall überlebt." Sagte ich bitter und unterdrückte meine aufsteigenden Tränen.

„Sag, liebst du meinen chaotischen Sohn, Ruby?" fragte jetzt Erika und neigte neugierig ihren Kopf. Ich lächelte schmal und zog mir den Pullover über den Kopf. Jetzt sah Erika meine Narben und ich sah das Entsetzen darüber in ihrem Gesicht. „Von dem Unfall damals, Erika. Ich sagte doch, dass ich eigentlich nicht mehr leben dürfte. Großvater hat mich ins Leben zurückgeholt. Es gibt keine Zukunft für deinen Sohn und mich. Auch wenn ich Adam liebe, seit ich ihm im Trellerbys Dorf das erste Mal sah." Sagte ich und jetzt liefen mir doch noch die Tränen über die Wangen. Das war doch eigentlich mein Geheimnis gewesen. Warum erzählte ich es dann?

Liebevoll strich mir Erika das lange Haar aus dem Gesicht und setzte sich zu mir. „Dann solltest du deinem zukünftigen Ehemann vertrauen. Und übrigens Trellerbys. Die kleinen Halunken sind weg. Adam vermutet, sie wollten nicht länger warten, um ihre Familie zu befreien. Er glaubt, dass die Kleinen auf dem Weg in die Zentrale sind. Adam ist jetzt dorthin unterwegs. Er will das Schlimmste verhindern. Nicht, dass die Trellerbys auch noch gefangen werden." Erklärte Erika mir jetzt besorgt. Jetzt war ich auch besorgt. Aber anders als Erika. „Die Trellerbys sind in Gefahr? Vielmehr Sorgen mache ich mir um Adam und die Zentrale. Ich durfte Großvaters Aufzeichnungen lesen und weiß jetzt, wozu diese Trolle fähig sind. Vor allem wenn sie wütend sind." Sagte ich und suchte verzweifelt meine Schuhe. Ich musste Adam warnen und ihm helfen. Jetzt klopfte es an meiner Schlafzimmertür. Verwundert hob ich meinen Kopf. Wer war denn außer uns beiden, noch im Haus. Ralf steckte seinen Kopf jetzt durch die Tür und lächelte schief. „Ich bin eben wach geworden und etwas verwirrt. Was ist passiert? Kann mich da jemand aufklären?" fragte er verlegen grinsend. Aufatmend griff ich meine Jacke und schob meinen Nachbarn die Treppe runter. „Gut, dass du hier bist, Großer. Du musst mich fahren. Wir haben es eilig. Und mit dem Fahrrad dauert es zu lange." Bestimmte ich streng und sah zu, wie Ralf in seinen Taschen nach den Autoschlüsseln suchte. „Verdammt, was ist passiert, Ruby. Bis vor gut drei Tagen war dein Leben doch ganz in Ordnung. Langweilig und vorhersehbar. Was ist los? Seit mich diese verdammten Trolle gefangen nahmen, weiß ich nichts mehr." Sagte Ralf untypisch grantig. „Wäre diese kleine Lana nur nicht so niedlich." Murmelte er dann wütend. Ich hörte es und schmunzelte leicht. Trotz meiner großen Sorge um Adam. Ich, die sonst so taffe, grantige, ihre Einsamkeit liebende Ruby, sorgte sich um einen Mann, dachte ich selbstironisch.

„Ich hasse Autofahren. Das ist dir doch wohl klar, Ralf." Sagte ich nervös. Ich stieg nur unter großer Überwindung in einen dieser fahrenden Särge. Endlich wusste ich auch, warum es war. „Ich war damals mit im Wagen, als meine Eltern starben, musst du wissen. Deswegen habe ich Angst." Entschuldigte ich mich leise. Damals starb ich, dachte ich. Doch das würde ich Ralf nicht verraten. Auch, wenn er mir in den letzten Monaten ein Freund geworden war, so war er ein

Agent der Zentrale. „Verständlich." Murmelte Ralf nur und fuhr die, zum Glück leere Straße, entlang. „Du und dieser merkwürdige Zauberer, das ist etwas ernstes, oder? Ich spürte es als ihr euch das erste Mal saht. Ist dieser Adam dein Gegenstück?" Fragte Ralf jetzt dunkel. Ich nickte nur stumm. Wie sollte ich dem Mann sagen, dass es so etwas wie eine gemeinsame Zukunft für Adam und mich nicht gab? Besser, ich schwieg dazu. Ich schrie kurz auf, als Ralf jetzt einen Trecker überholte. Krampfhaft hielt ich mich an den Griffen fest. Zu wissen, woher diese Angst kam, schmälerte sie nicht, dachte ich und öffnete meine Augen erst, als Ralf den Wagen stoppte. Wir hatten die Zentrale erreicht. Jetzt mussten wir Adam und die Trellerbys finden.

14 Kapitel

„Die Torwächter sind ohnmächtig. Waren das die Trolle?" Flüsterte Ralf erschüttert. Er stieg über die beiden Wächter. Ich nickte nur, ich wusste, dass waren die Trellerbys gewesen. Großvaters Aufzeichnungen kamen mir wieder in den Sinn. Die vermeintlich harmlosen Wesen hatten es faustdick hinter den Ohren. Ralf murmelte eine Formel und die Tür der Zentrale öffnete sich. Jetzt, um diese Uhrzeit, war hier alles ruhig. Kein Vergleich zu meinem letzten Besuch hier, dachte ich erleichtert. Ralf schob mich durch die Räume und sah sich immer wieder vorsichtig um. „Hier drinnen funktioniert keine Magie, Ruby. Wir müssen uns vorsehen. Ich bringe dich jetzt zu den Vitrinen. Hoffentlich finden wir dort die Halunken. Und damit meine ich nicht nur die Trolle. Dein Zauberer muss verrückt sein, hier einzubrechen." Flüsterte Ralf wütend. „Wir machen doch dasselbe, oder nicht?" Flüsterte ich sarkastisch zurück. Ich schrak zusammen, als sich eine Hand schwer auf meine Schulter legte. „Was machst du denn hier, Ruby Tanner. Solltest du nicht besser im Haus warten? Nur dort bist du sicher." Grollte Adam dunkel. Ich war erleichtert, dass ihm nicht passiert war und drückte kurz seine Hand. Das musste reichen, denn Ralf beobachte uns. „Und du? Ein erneuter Einbruch?" Fragte ich schroff und schluckte still. „Ich will dir helfen, Großer. Ich weiß Bescheid, wozu die Trolle fähig sind. Großvaters Aufzeichnungen waren sehr informativ." Sagte ich dann etwas versöhnlicher. „Ich war nur der Fahrer, mich trifft keine Schuld." Scherzte jetzt Ralf und wies uns einen Gang. „Es gibt hier zwei Nachtwächter. Auf die müssen wir aufpassen. Die können unangenehm werden." Erklärte Ralf leise flüsternd.

„Meinst du damit die beiden Salzsäulen da drüben?" fragte ich sarkastisch und wies auf zwei erstarrte Männer in Uniform. Ein Fluch war Ralfs Antwort. „Die Trellerbys, nehme ich an?" Fragte Adam ebenso sarkastisch wie ich zuvor. Ich nickte nur, was sollte ich auch sagen. Schweigend gingen wir weiter. „Die Trellerbys werden mit dem Glas Schwierigkeiten haben. Da brauchen sie Hilfe." Sagte ich heiser und wies auf einen großen Schaukasten. Dort fanden wir die vermissten Trolle. Umsonst mühten sie sich ab, die große Glaskuppel anzuheben. Verzweifelt weinend, versuchte die kleine Lana zu ihrer Mutter zu gelangen. Es schnürte mir das Herz *ab, als ich das Drama sah. Ich kam mir wie eine Verräterin vor. Hatte ich den Trollen nicht versprochen, ihnen zu helfen? Und waren mir meine Probleme nicht wichtiger erschienen? Ich rannte zur Glaskuppel und hielt sie fest. Beinahe wäre Lana erschlagen worden. Sie hatte sich durch den entstandenen Schlitz schieben wollen. Jetzt war Lana auf der anderen Seite und fiel der fremden Frau jubelnd um den Hals. „Danke, Ruby Tanner. Danke, dass du doch noch gekommen bist." Sagte der Bürgermeister mit Tränen in den Augen. „Nichts zu danken." Murmelte ich und machte Adam und Ralf ein Zeichen. Zusammen entfernten wir drei die schwere Glaskuppel. Jetzt gab es kein Halten mehr. Die Trellerbys fielen sich laut jubelnd in die Arme.*

„Wir sollten die Wiedersehensfeier vertagen und von hier verschwinden, Leute. Mein Vater ist immer beizeiten in der Zentrale. Und er darf uns hier nicht überraschen. Die beiden Salzsäulen reichen schon. Mehr Ärger können wir uns nicht leisten." Gab Ralf zu bedenken. Adam nickte und begann, die elf Häuser einzusammeln. Er

murmelte und der alte Koffer materialisierte sich. Gehorsam kletterten die Trellerbys in den Koffer und verteilten sich in den Häusern. Adam murmelte eine Formel und der Deckel schloss sich wieder. Zufrieden hob Adam den Koffer auf. „Lass uns verschwinden, Liebes." Sagte er leise und reichte mir seine freie Hand. Unsicher, zögernd, folgte ich den Männern zurück zum großen Tor. „Es macht mich nervös, Adam. Es ging mir zu einfach." Flüsterte ich. Warum war die Zentrale nicht besser geschützt? Das fragte ich mich still. „Ich weiß, was du meinst, Ruby. Ich habe auch ein ungutes Gefühl." Flüsterte Adam zurück. Plötzlich stoppte ich. „Sagte Ralf nicht, dass Magie hier drinnen nicht funktioniert? Wie konntest du dann den Koffer her zaubern?" fragte ich argwöhnisch. Misstrauisch sah ich von Ralf zu Adam. Was wurde hier gespielt? „Stimmt, Ralf Gerrit. Wie kann das angehen?" Fragte jetzt auch Adam dunkel. Ralf hob verwundert seinen Kopf. Denn darüber schien er nicht nachgedacht zu haben.

„Das habt ihr mir zu verdanken, Zauberer! Es wurde Zeit, etwas zu ändern! Und jetzt ist es so *weit. Wir werden die Zentrale übernehmen. Zu lange wird hier nur geredet, doch nichts passiert. Jetzt bricht die Zeit der Morganer an." Hörte ich die schneidende Stimme meiner Cousine. Regina lebte also noch, dachte ich kurz erleichtert. Ich hatte schon befürchtet, Adam hätte sie umgebracht. Doch dann gewann meine Furcht wieder die Oberhand. Beschützend schob Adam mich hinter sich. „Bist du schon wieder aus Afrika zurück? Ich hoffte, du würdest deinen Aufenthalt dort für einen Urlaub nutzen, Morganerin." Sagte er triefend vor Hohn. Ich wusste, er wollte Regina von mir ablenken. Regina lachte leise, gehässig. Dann hob sie ihren Zauberstab und wies auf Ralf. „Du hast dich für die falsche Seite entschieden, mein Lieber. Schade, ich hätte dich gerne etwas länger in meinem Bett gehabt. Aber das lässt sich nicht mehr ändern. Du hast dich für meine Cousine entschieden und musst damit leben. Wenn auch nicht mehr lange." Sagte Regina frech grinsend. „Du hast gesagt, dass niemand zu schaden kommt. Das war dein Versprechen." Meldete sich jetzt Gundula zu Wort. Die junge Frau sah unsicher zu Regina. „Reicht es nicht, dass* du die Ministerin Schweine verwandelt hast? Was, wenn sie jemand schlachten will." Setzte sie hektisch hinzu. Ralf lief rot an. „Du hast unseren Vater in ein Schwein verwandelt? Wie hast du das gemacht, Regina. Du hast doch keine nennenswerte Kraft." Fragte er dann fassungslos. Regina lachte erneut auf und wies wieder auf mich. „Ich habe mir eine Menge Zauberkraft gestohlen und dann konnte ich Ruby anzapfen. Es war herrlich, was für eine Kraft. Die Menge reichte, um meine Macht zu stärken. Das ermöglichte mir auch, so schnell Heimzukehren, Adam Mc Vallun. Meine Kraft ist deiner gleich geworden, Zauberer. Und damit übernehme ich jetzt die Zentrale. Die Frauen wurden lange genug unterdrückt. Jetzt werden wir herrschen." Sagte Regina schrill lachend. „Ich werde die oberste Morganerin! Mir gehört die Zauberkraft von Fürst Josef Tanner. Und ich werde sie mir holen. Ich werde jeden Tropfen aus dir saugen, Ruby. Dein Großvater hat sich damals strafbar gemacht, als er dich von den Toten zurückgeholt hat. Ich reguliere diesen Fehler nur wieder. Wenn du dabei stirbst, ist es Schicksal. Das ist die Rache für den

Tod meines Vaters. Josef Tanner hat meinen Vater ermordet." Sagte Regina weiter als wir alle anderen schwiegen.

„Du irrst dich, Regina. Nicht mein Großvater war der Mörder deines Vaters." Widersprach ich mutig. „Dein Vater hat meine Eltern ermordet. Um zu verhindern, dass Großvater seine Zauberkraft an meinen Bruder weitergibt." Ich schluckte schwer. „Meine Mutter war damals schwanger. Schwanger mit meinem Bruder. Dein Vater befürchtete, dass die Zauberkraft an das Baby gehen könnte. Großvater stellte deinen Vater zur Rede. Zusammen mit eurem Vater, Ralf, Gundula. Onkel Heinrich leugnete alles, doch er hatte keine Chance. Großvater konnte seine Schuld beweisen. Es kam zum Kampf als dein Vater fliehen wollte. Minister Gerrit hielt deinen Vater auf, Regina. Es war ein Unfall, ein Zauberspruch, der daneben ging." Erklärte ich bitter. Dann drehte ich mich zu Adam und ignorierte Regina. „Mein Großvater hatte seine gesamte Zauberkraft in meine Heilung gesteckt und war nicht mächtig genug, um Onkel Heinrich aufzuhalten." Sagte ich laut. „Verschwinde und bringe die Trolle in Sicherheit. Suche Großvaters geheimen Raum." Flüsterte ich Adam zu. Zögernd schüttelte Adam seinen Kopf. „Dafür reicht meine Kraft nicht, Ruby." Flüsterte er zurück. Er wollte mich nicht zurücklassen, das spürte ich. „Doch, das wird sie, vertraue mir. Geh, ich komme zurecht, Adam." Ich stockte kurz. Dann schluckte „Ich, ich liebe dich. Und jetzt verschwinde." Flüsterte ich befehlend.

„Was gibt es da zu flüstern!" schrie Regina unbeherrscht. Ich drehte mich wie der zu ihr herum und ging einige Schritte durch den großen Raum, um von Adam abzulenken. „Ich habe dem Zauberer meine Liebe gestanden." Sagte ich und hatte damit Reginas Aufmerksamkeit. Sie schwang zu mir herum. „Du hast was?" Schrie sie aufgebracht. Erleichtert sah ich, wie Adam den Koffer griff und sich auflöste. Gundulas Aufschrei kam zu spät. Adam war weg. Meine Cousine schrie wütend und unbeherrscht. Sie zielte mit dem Zauberstab auf mich und ich sank ohnmächtig zu Boden. Ich fiel hart und knallte mit dem Kopf auf. Es war mir egal, denn meine Tage waren gezählt, dachte ich, dann wurde mir schwarz vor Augen.

„Mutter?" Rief Adam verwundert. Er hatte sich tatsächlich ins alte Haus gezaubert. Ohne Probleme war er hier gelandet. Wie hatte er das geschafft? Sich aus der Zentrale raus zu teleportieren, erforderte doch bereits eine Menge Zauberkraft. Und jetzt war er tatsächlich hier gelandet. Schnell stellte Adam den Koffer ab und öffnete ihn. Wieder rief Adam seine Mutter, während er die kleinen Häuser auspackte. Endlich war das Troll-Dorf wieder komplett, dachte er kurz. Jetzt kamen die Trellerbys jubelnd aus ihren Häusern. Suchend sah sich der Bürgermeiste um. „Wo ist Ruby?" fragte er dann besorgt. Der Jubel endete und jeder der kleinen Wesen sah Adam neugierig an.

„Das würde ich auch gerne erfahren, Sohn. Dein Einsatz war ja erfolgreich, wie ich sehe. Doch *deine zukünftige Frau fehlt. Wo ist Ruby?" fragte Erika nervös.*

15 Kapitel

Ich saß in einer der kleinen Gefängniszellen, tief im Keller der Zentrale. Darauf wartend, dass mir meine Cousine die Zauberkraft absaugte. Es waren ihre Kräfte, so sagte sie. Denn ich, ich war ja schon lange tot. Es war also kein Mord, würde ich dabei sterben. Man konnte eine Tote nicht noch einmal umbringen. So sagte Regina gehässig zu ihren Anhängern. Die ca. vierzig Morganer hatten die Zentrale besetzt und wüteten jetzt durch die vielen Räume. Ich hörte ihre Streitereien bis hierher. Sie stritten sich um alles, sogar um das kleinste Teil, dachte ich frustriert. Keiner gönnte dem anderen etwas. So hatte meine Cousine sich die Machtübernahme bestimmt nicht vorgestellt, überlegte ich jetzt grinsend. Aber es war kein fröhliches Grinsen. Bald würden sie mich holen. Man würde mir die Zauberkraft entreißen und, während ich dabei starb, würde ein heftiger Kampf darum entstehen.

Denn jeder wollte etwas von Großvater gewaltiger Kraft haben. Regina war in Gefahr zu sterben, sterben, bevor sie Großvaters Zauberkraft nutzen konnte. Nur wusste sie es noch nicht. So weit dachte Regina nicht, dachte ich schwer und erinnerte mich daran, wie oft meine Cousine diesen Fehler gemacht hatte. Zu handeln, ohne an die Konsequenzen zu denken. Doch das sollte mir egal sein, denn ich war bereits tot. Ich freute mich nur auf die allerletzte Überraschung, die ich für Regina und die Morganer bereit hielt. Ich hörte Schritte und laute, sich streitende Stimmen. Es war als so weit. Sie kamen mich holen.

„Ruby ist zurückgeblieben, damit ich die Trellerbys in Sicherheit bringen konnte. Ich muss umgehend wieder in die Zentrale. Dort geht alles drunter und drüber. Die Morganer proben den Aufstand und haben Ruby gefangen genommen. Sie wollen ihre Zauberkraft. Ich muss zurück und Ruby retten." *Erklärte Adam hastig und wollte sich erneut teleportieren. Doch schon lag Erikas Hand auf*

seinem Arm. „Bevor du das tust, Sohn, musst du etwas lesen. Einen Brief von Josef Tanner. Adressiert an seinen Nachfolger." Sagte Erika ernst. Sehr ernst. „Das Haus hat mir den geheimen Raum von Josef gezeigt und mich umsehen lassen. Da fand ich den Brief. Es ist wichtig, dass du ihn liest. Denn es wird vieles erklären." Erika reichte Adam eine alte Pergamentrolle. Zögernd, unsicher ob er die Zeit nutzen sollte, setzte sich Adam und entrollte das alte Papier.

„An meinen Nachfolger"

Verehrter Zauberer

Du musst der Mann sein, den das Haus als würdig ansieht. Würdig, das Erbe derer von Tanner weiterzuführen.

Bestimmt bist du, wie viele andere Zauberer, gekommen, auf der Suche nach der gewaltigen Zauberkraft. Die gesammelte Kraft vieler Generationen Tanners. Und doch musst du etwas Besonderes sein, dass dieser Brief jetzt in deinen Händen liegt. Du musst das Herz meiner geleibten

Enkeltochter berührt haben. Ruby ist etwas ganz Besonderes. Doch dazu komme ich noch.

Ich war vierzehn Jahre alt, als mein Bruder Heinrich geboren wurde. Meine Eltern waren da bereits beide über vierzig und wurden mit Heinrich nicht fertig. Es war als hätte der Junge alles übel geerbt, was mir fehlte. Kein Tag ohne neuerliche Katastrophe. Mein Bruder beanspruchte die Zauberkraft für sich. Er behauptete, der einzige Erbe dafür zu sein. Besonders schlimm wurde es, als ich heiratete und meine Tochter geboren wurde. Das es kein Junge wurde, bestärkte Heinrich in seinen Wahn. Doch mein Vater wusste, wie gefährlich diese Macht in seinen Händen wäre.

Meine Tochter Elisabeth, mein einziges Kind, verliebte sich in jungen Jahren in einen Normalo. Ruby wurde geboren und wieder beanspruchte Heinrich die Kraft für sich. Elisabeth wollte eigentlich keine weiteren Kinder. Doch ich bettelte sie an. Elisabeth gab nach und sie erwartete einen Jungen. Einen würdigen Erben meiner Kraft. Nie war ich glücklicher. Alles würde gut werden. Ein neuer, guter Fürst Tanner.

Doch mein Bruder plante es anders. Er brachte meine Tochter und meinen Schwiegersohn um. Offiziell ein Unfall, doch das wusste ich besser. Ich eilte zur Unfallstelle und fand beide tot. Ruby, meine Enkeltochter, lag im Sterben. Mir brach das Herz. Und ich tat etwas Unverzeihliches. Ich nutzte meine Kraft, um Ruby ins Leben zurückzuholen. Ich gab meine gewaltige Zauberkraft einem Mädchen. Mein Bruder ahnte das und verlangte das Sorgerecht für Ruby. Deswegen blieb mir nichts übrig als die Kraft in Ruby zu sperren. Sie ruht momentan in meiner Enkelin. Versucht man, die Zauberkraft gewaltsam abzusaugen, wird Ruby bei dem Versuch wahrscheinlich sterben.

Erst wenn meine Enkelin einen Mann findet, den sie vom ganzen Herzen liebt und vertraut, ihm das auch gesteht. Und der Mann die Gefühle erwidert, wird diese Macht wieder freigesetzt und geht auf ihren Partner über. Ruby behält nur so viel, dass sie ohne Probleme weiterleben kann.

Das ist meine Beichte, Zauberer. Und nun viel Glück dir bei der Mission, das Herz und das Vertrauen meiner Enkelin zu erobern. Denn durch die Geschehnisse ist meine kleine, liebenswerter Enkeltochter schroff, unhöflich und misstrauisch geworden. Es ließ sich nicht ändern. Das ist die Wirkung der gewaltigen Zauberkraft im Körper einer Frau. Es wird viel Geduld und Zeit brauchen, Rubys Vertrauen zu erlangen.

Josef Tanner

P.s Ruby ist die letzte wahre Tanner

Adam rollte das Pergament zusammen und fuhr sich schwer über die Augen. „Ja, das bestätigt, was Ruby versucht hat, mir zu erklären. Jetzt macht auch alles einen Sinn. Auch, warum sie mir ihre Liebe gestanden hat." Murmelte er heiser schluckend. Nur mit Mühe unterdrückte er seine Tränen und hob seinen Arm. Dam spürte plötzlich die unglaubliche Macht durch seinen Körper fließen. Endlich wusste er, wie es geschafft hatte. In einem Rutsch von der Zentrale ins Haus zurückzugelangen. Adam hatte bekommen, weshalb er sich auf die Suche nach der letzten Tanner gemacht hatte. Ruby Tanner hatte ihm die Zauberkraft ihrer Familie übertragen. Sie hatte ihm die Zauberkraft übergeben, damit er darauf aufpasste, sie behütete und vor ihrer Cousine in Sicherheit brachte. Ruby musste diesen Brief ebenfalls gelesen haben, überlegte Adam. Deswegen wusste sie um diesen Zauber. Nur deswegen hatte sie ihm ihre Liebe gestanden. Und noch etwas wurde Adam klar. Ruby musste ihn wirklich lieben. Nur so konnte es funktionieren. Und sie würde sich lieber umbringen lassen, als die Kraft ihres Großvaters in feindliche Hände zu geben. Regina würde Ruby zu Tode quälen. Sie würde jeglichen Tropfen verbleibender Macht, aus Ruby saugen. Und das bedeutete den Tod für seine zukünftige Frau, dachte Adam besorgt. Er musste wieder in die Zentrale gelangen, um das Schlimmste zu verhindern.

„Sohn? Du solltest einmal zur Haustür kommen. Dort stehen ca. zwanzig Schweine. Ich habe das

Gefühl, sie wollen alle zu dir." Holte Erika Adam aus seinen Gedanken.

„Jetzt ist es endlich so weit. Endlich bekomme ich mein rechtmäßiges Erbe. Mir gehört die Zauberkraft der Tanners." Sagte Regina mit fliehendem Blick. Ihre Hände zitterten heftig, als sie mir die alte Kette vom Hals riss. Triumphierend hielt sie das Medaillon mit dem Familienwappen hoch. „Diesmal hast du keinen Beschützer, Ruby. Niemand wird dich retten kommen. Dein Adam hat sich feige aus dem Staub gemacht. Er hat erkannt, dass er verloren hat.   Ich werde mit Josefs Zauberkraft unbesiegbar sein. Die Herrscherin über alle Zauberer." Schrie Regina schrill fast von Sinnen.

„Du wolltest die Zauberkraft teilen. Mit uns allen, Regina. Nur deswegen haben wir dir geholfen. Du hast doch bereits die Zauberkraft der Minister absorbiert. Reicht dir das nicht?" fragte jetzt Gundula nervös. Reginas verrücktes Verhalten machte ihre Angst, das spürte ich. „Mach dir da keine Sorgen, Gundula. Regina kann die Zauberkraft meines Großvaters nicht für sich beanspruchen. Denn sie ist keine wahre Tanner. Mein Onkel Heinrich war nicht ihr Vater. Auch, wenn er es immer behauptet hat. Regina ist aus einer Affäre ihrer Mutter mit deinem Vater, Gundula. Sie war schwanger, als sie Onkel Heinrich geheiratet hat. Onkel Heinrich wusste das und hat mit dem Geheimnis deinen Vater erpresst. Immerhin war dein Vater Minister, verheiratet und Vater von dir und Ralf." Erklärte ich grantig und sah zu, wie Regina hochrot anlief. Ich hatte soeben ein großes Geheimnis ausgeplaudert. Es würde wie eine Bombe einschlagen, dass wusste ich. Es war mir egal, ich würde eh bald sterben. „Jetzt kennst du Reginas Geheimnis auch, Gundula. Sei auf der Hut. Jetzt kann sie es sich nicht mehr leisten, dich am Leben zu lassen." Sagte ich bitter. „Hast du wirklich geglaubt, Regina würde die Zauberkraft teilen? Die Frau hat noch nie im Leben etwas geteilt." Setzte ich frech hinzu.

„Du bist meine Halbschwester?" fragte Gundula Regina ungläubig. „Ja, verdammt, keine Ahnung, woher Ruby das weiß. Zum Glück bin ich nicht so dämlich oder naiv wie du oder Ralf. Ich weiß mit Macht etwas anzufangen." Schrie Regina unbeherrscht. Zitternd hob sie ihren Zauberstab und riss mich aus der Zelle. Gundula ging auf Abstand. „Was hat Regina? So durchgeknallt kenne ich sie nicht." Flüsterte Gundula ängstlich. Das war an mich gerichtet. Ich ging neben der nervösen Frau und zuckte kurz. „Regina hat zu viel Zauberkraft absorbiert. Wir Frauen sind dafür zu schwach. Regina ist überladen, so könnte man es nennen. Das lässt sie langsam durchdrehen. Wenn sie sich nicht bald davon trennt, wird sie verrückt werden." Erklärte ich ernst.

„Du lügst, Ruby. Du hattest all die Jahre Josefs Kraft in dir, ohne dass du verrückt wurdest." Widersprach jetzt Regina unkontrolliert lachend. Sie schubste mich grob in einen großen Saal. Ich grinste jetzt fast erleichtert. „Großvaters Zauberkraft war in dem Medaillon gespeichert und isoliert, Regina. Ich sage bewusst, war. Das verhinderte zwar, dass ich verrückt wurde, machte mich aber krank, schroff und unnahbar. Keine Reaktion ohne Gegenreaktion. Jetzt bin ich beides los. Das Medaillon und die Kraft. Du wirst sie nie in die Hände bekommen, Regina." Sagte ich gelassen.

„Du lügst wieder, Ruby. Du kannst die Zauberkraft nicht abgegeben haben. Dafür müsstest du einem anderen Menschen vertrauen. Und das tust du nicht. Du hast dich doch mit Händen und Füßen gegen jeden menschlichen Kontakt gewehrt. Du zögerst es nur heraus. Lasst uns beginnen." schrie Regina wieder laut und wies auf etwa vierzig Menschen in langen Roben. „Okay? Alles Morganer, nehme ich an. Und alle werden über dich herfallen, kaum dass du mich abgesaugt hast, Regina. Jeder ist bereit, dafür über Leichen zu gehen. Schade, dass ich das nicht mehr erleben darf." Sagte ich sarkastisch. Und diesmal war nicht die Zauberkraft schuld, dachte ich zynisch.

16 Kapitel

Regina schwieg zu meinen Worten. Sie schob drei Strahler in meine Richtung und drückte einige Knöpfe. Meine Arme schossen in die Höhe und ich war unfähig, mich zu bewegen. „Rede was du willst, Ruby. Ich werde die mächtigste Zauberin aller Zeiten werden. Mein Name wird in die Geschichte eingehen. Niemand wird mich je besiegen können. Niemand wird es mit mir aufnehmen können." Sagte sie drohend und sah die anderen Menschen im Raum gefährlich an. Kampfbereit hob sie ihren Zauberstab. „Und du meinst, das hat Wirkung? Die Geier warten doch nur, dass du mich leersaugst. Sieh dich um. Du hättest ihre Zauberstäbe einsammeln sollen. Jetzt verstecken sie ihre Stäbe angriffsbereit unter ihren Roben. Ich wünsche dir viel Spaß." Sagte ich und seufzte übertrieben. Ich schrie auf als mich die ersten Strahlen der merkwürdigen Maschine trafen. Mir wurde schwindlig und ich spürte, wie jegliche Kraft aus meinem Körper wich. Regina hing am anderen Ende der Maschine und schrie jetzt unglaublich wütend auf. „Verdammt, warum kommt nur so wenig? Es müsste doch wesentlich mehr kommen." Schrie sie aufgebracht. Sie erhöhte die Strahlung und ignorierte mein schmerzerfülltes Schreien.

„Hör auf! Du bringst sie noch um, Regina." Brüllte jetzt Ralf. Jetzt sah ich erst, dass der Mann gefesselt in einer Ecke saß und hilflos zusehen musste, wie das Leben aus meinem Körper wich. „Ruby ist bereits seit vielen Jahren tot, Idiot. Ich korrigiere nur einen Fehler des Schicksals." Schrie Regina zurück und sog meine restliche Zauberkraft in sich auf. Ich wusste, ich würde heute, hier und jetzt sterben. Aber das war okay, denn eigentlich war ich ja bereits seit vielen Jahren tot, dachte ich schwach.

„Entschuldige, dass ich erst jetzt zur Party erscheine, Liebling. Aber ich hatte alle Hände voll zu tun, die Polizei und das Ordnungsamt davon abzuhalten, zwanzig wild gewordene Schweine zu erschießen. Die Tiere suchten Schutz in deinem Haus. Und es dauerte, bis ich rausfand, dass es sich dabei um die Minister handelt." Sagte jetzt plötzlich Adam laut. Er materialisierte sich vor mir und blockierte damit die Übertragung meiner Kräfte. Die Strahlung prallte von dem großen

Mann ab und traf schmerzhaft Regina. Meine Cousine schrie schmerzerfüllt auf und sackte zusammen. Damit hatte Regina nicht gerechnet, das merkte ich. Sie schrie wutentbrannt auf, als die Tür aufging und die Minister erschienen. „Ich habe etwas gebraucht, die Schweine zurückzuverwandeln. So etwas macht man ja nicht jeden Tag." Sagte Adam und zielte auf die Strahler.

„Adam Mc Vallun! Hör auf Blödsinn zu reden und befreie mich! Und was fällt dir ein, mich Liebling zu nennen! Ich bin nicht dein Liebling. Bis vor sechs Tagen wusste ich ja nicht einmal, dass es dich gibt." Schnauzte ich Adam an. Ich wollte nicht, dass er merkte, wie sehr ich mich über seine Rettungsaktion freute. Adam ignorierte meine Cousine und kam langsam auf mich zu. „Du hast recht. Wir kennen uns erst wenige Tage. Und doch hatten wir bereits den Kuss der Erkenntnis und wir haben miteinander geschlafen. Es war der Wahnsinn, nur mal nebenbei." Sagte Adam frech grinsend, meine hochrote Gesichtsfarbe betrachtend. „Ich liebe dich, Motzbirne. Und du *liebst mich. Das hast du mir gestanden. Es kann nicht zurückgenommen werden." Sagte er dann lachend. Ich fluchte nur. „Dein Mundwerk ist echt ätzend. Nun befreie mich endlich!" schnauzte ich Adam schief grinsend an.*

Regina schoss immer wieder Zaubersprüche auf Adam ab. Doch gelassen blockte der Mann die Angriffe und öffnete meine Fesseln. „Du, du hast die Zauberkraft von Josef Tanner! Ich habe den Falschen gefangengenommen. Du hast die Kraft an den Mann verschleudert, Ruby." Schrie Regina wie von Sinnen. Geschwächt fiel ich in Adams Arme und sah erst jetzt, dass die Minister die Morganer gefangen nahmen. Die etwa vierzig Menschen öffneten ihre Roben und ließen sich widerstandslos festnehmen. Das wunderte mich stark. „Sie haben einen guten Teil ihrer Zauberkraft auf Regina übertragen, damit sie dich absaugen konnte, Ruby. Sie erhofften sich, dadurch stärker zu werden. Ich schätze, die sind alle wehrlos. Damit habe ich gerechnet." Sagte Adam liebevoll. Er küsste mich kurz und lachte, als ich verärgert mein Gesicht verzog.

„Ich auch, es erfordert eine Menge Kraft, diese Maschine zu bedienen. Und dafür brauchte Regina alle Kraft, die sie bekommen konnte. Dafür betrog und stahl sie, wo sie konnte." Erklärte jetzt Minister Gerrit bitter. Er musste zusehen, wie man Gundula abführte. Regina wehrte sich und schrie laut, als man sie entwaffnete und ergriff. „Beide Töchter, Minister Gerrit. Beide Töchter sind verdorben. Doch für Gundula gibt es noch Hoffnung, sie war nur verblendet." Flüsterte ich heiser hustend. Ich musste dringend etwas schlafen, dachte ich erschöpft. „Beide Töchter?" Fragte Adam jetzt erstaunt. „Später." Murmelte ich leise. Doch ich sah, wie der Minister betroffen seinen Kopf senkte. Der Mann hatte meine Andeutung verstanden. Er räusperte sich leise. „Sie besitzen jetzt also Josefs Tanners Zauberkräfte, Mister Adam. Das bedeutet, wir werden ihre Hilfe brauchen, um Regina von den überflüssigen Zauberkräften zu befreien. Die Frau hat zu viel davon absorbiert und ist wahrscheinlich verrückt geworden. Das passiert leider. Deswegen ist solche Macht nur den Männern vorbehalten. Sie sind mental stärker. Es gleicht einem Wunder, dass sie es all die Jahre schadlos überstanden haben, Ruby. So viel Zauberkraft zu hüten. Sie sind eine starke Frau." Sagte der Minister und ging.

„Wau, was für ein Kompliment. Ich bin hin und weg." Sagte ich ironisch. Das ließ Adam lachen. So, wie er sich immer über meine Aussprüche amüsierte. Verärgert boxte ich ihn in den Arm. Ich wusste endlich, woher meine oft schlechte Laune kam und dass es noch lange dauern würde, bis diese negative Energie endgültig aus meinem Körper verschwunden war. Adam würde eine Menge Geduld brauchen, dachte ich still. „Also, ich weiß nicht. Aber mir reicht es hier. Ich würde gerne endlich Heim. Ich höre mein Bett nach mir rufen.   Und danach will ich Lanas Mutter kennenlernen." Sagte ich halb befehlend. Adam zog mich fest in seine Arme und grinste. Dann lösten wir uns auf.

„Ich werde dich heiraten. Das steht fest. Du liebst mich, das ist klar. Du hast mir nur die Kräfte deines Großvaters übertragen können, weil du meine

Schicksalspartnerin bist. Wir gehören zusammen." Sagte Adam befehlend. Wir lagen im Bett und stritten uns schon wieder über das Thema. Wegen dem waren wir hier ja gerade erst gelandet, erinnerte ich mich schmunzelnd. Uns heftig streitend, hatten wir uns davongeschlichen. Nach einer leidenschaftlichen Stunde ging der Streit also weiter. „Vergiss es, Zauberer. Nur, weil du mit mir schläfst, heirate ich dich nicht." Sagte ich grob. „Das bedeutet aber nicht, dass ich darauf verzichten möchte." Setzte ich etwas freundlicher hinzu, als Adam wütend aufspringen wollte. Ich zog den Mann zurück ins Bett.

„Seit uns das Schicksal zu Ruby Tanner getragen hat, wurde unser Leben wieder gut. Dank Ruby und Adam wurden wir alle wieder vereinigt. Wir danken euch." Sagte der kleine Bürgermeister nicht zum ersten Mal heute. Überglücklich zog er seine geliebte Frau Mirabell zu sich auf die Bühne.

Wir hatten mit den Trellerbys eine großartige Wiedersehensparty gefeiert. Es war übrigens meine allererste Party gewesen, dachte ich still. Der Bürgermeister war so unendlich glücklich, seine Frau wiederzuhaben, dass er mir immer wieder danken musste. Langsam nervte es. Doch geduldig hörte ich mir auch seine zwölfte Dankesrede an. Mirabell, seine Frau hatte mich umarmt und gefragt, wann ich denn Adam heiraten würde. So schnell wie möglich, war Adams Antwort gewesen. Meine war „Mal sehen". Damit hatte unser Streit begonnen. Ich hatte Mirabell abgelenkt, indem ich auf Lana und Ralf wies. Beide liefen Händchen haltend, aus dem Dorf und verschwanden hinter dem Kamin. „Wie albern ist das denn". Sagte ich sarkastisch und wünschte mir in diesem Augenblick, dass Adam auch meine Hand nehmen würde. Warum konnte ich das nicht zugeben? Mirabell schnaubte. „Meine kleine Tochter und ein nichtsnutziger Zauberer. Na warte, Kerl. Da ist das letzte Wort noch nicht gesprochen." Schimpfte die resolute Frau los und zerrte ihren angetrunkenen Mann der improvisierten Bühne. Lächelnd sah ich den beiden hinterher. Dann wandte ich mich an Adam. „Ich werde dich nicht *heiraten, Zauberer. Auch, wenn ich deine Mutter mag. Ich kenne dich doch nicht einmal eine Woche. Vielleicht ist es überhaupt keine Liebe. Vielleicht erregt mich ja nur dein Aussehen und dein Körper. Nein, bedauere. Für eine Ehe reicht es mir nicht." Hatte ich dann geantwortet und mir am liebsten selbst eine Ohrfeige verpasst. Denn in Grunde genommen wollte ich nichts lieber als Adams Frau zu werden. „Körper, Aussehen, gute Argumente, Liebling." Hatte Adam gesagt und murmelte einen Zauberspruch. Empört aufschreiend stand ich plötzlich splitterfasernackt in meinem Schlafzimmer. „Adam Mc Vallun! Ich gab dir Großvaters Zauberkraft nicht, damit du Unsinn anstellst!" hatte ich geschimpft. Doch dann küsste Adam mich und meine Wut verrauchte.*

Wieder griff Adam jetzt das Thema Hochzeit auf. Doch statt einer unhöflichen Antwort, schwieg ich nur und kaute auf meiner Unterlippe. Mein Widerstand bröckelte, dass spürte Adam und schwieg ebenfalls. „Wir können später darüber

streiten. Jetzt ist nur wichtig, dass wir uns lieben."
sagte er nur. Damit war ich einverstanden.

Epilog

Vier Jahre später

Überglücklich hielt ich meine kleine Tochter in den Armen. Es war eine schwere, lang Geburt gewesen. Meine Tochter hatte sich Zeit gelassen, dachte ich. Wütend die kleinen Hände zu Fäusten geballt, schrie sie ihren Unmut heraus. Doch für mich klang es wie Musik. Ich hatte mein eigenes kleines Mädchen, dachte ich glücklich. Adam war die ganze Zeit tapfer an meiner Seite gewesen und hatte alle Beleidigungen und Flüche kommentarlos geschluckt, dachte ich dankbar.

Jetzt ging die Tür auf und Adam, mein geliebter Adam kam mit unserem Sohn ins Zimmer. Unser Sohn war neugierig auf seine Schwester und hatte Erika genervt, bis sie nachgab und Adam informierte. „Sie schreit aber laut. Ist das normal?" fragte mein kleiner Josef finster. Demonstrativ steckte er sich seine Finger in die

Ohren. „Als Tochter deiner Mutter   ist schlechte Laune vorprogrammiert, Sohnemann." Scherzte Adam und setzte Josef ab. „Das reicht mir." Josef hatte genug gesehen und rannte wieder in den Flur, dann weiter die Treppe hoch. Er würde seinen besten Freund Louis besuchen, dass wusste ich. Louis war der Sohn von Lana und Ralf. Die beiden waren seit fast vier Jahren verheiratet und lebten mit den Trellerbys auf unserem Dachboden.

Wir hatten den Trollen Schafe, Kühe und Hühner besorgt. So waren sie unabhängig und überfielen nur noch selten unsere Küche. „Unser Sohn hat recht! Jetzt reicht es, Ruby Tanner. Jetzt wird endlich geheiratet! Vier Jahre und zwei Kinder sind genug Zeit und genug Kinder für dich. Um endlich nachzugeben!" donnerte Adam los. So laut, dass selbst meine kleine Tochter verstummte. Verwundert sah sie ihren Vater an. „Mall sehen, Adam Mc Vallun. Mal sehen. Vielleicht bei dem nächsten Kind." Sagte ich grinsend. Ich zog Adam zu mir, um ihn zu küssen.

Bald, bald würde ich den großen Mann in dem altmodischen Anzug heiraten.